绿色笔记本 拉美四诗人诗抄

[智利]聂鲁达 [秘鲁]巴列霍 等著
[西]帕科·伊·泰沃二世 编
陈黎 张芬龄 袁婧 译

北京联合出版公司

雅众文化 出品

目录

1	**译者序**
9	**编者序** / 帕科·伊·泰沃二世
26	**诗人简介**

《绿色笔记本》诗抄

39	黑色的使者 /巴列霍
41	告别 /聂鲁达
45	黑白混血女郎 /纪廉
47	逝去的牧歌 /巴列霍
48	*1 女体,白色小山* /聂鲁达
49	到达 /纪廉
51	同志爱 /巴列霍
53	*10 我们甚至失去了* /聂鲁达
55	黑人之歌 /纪廉
57	悲惨的晚餐 /巴列霍
59	*20 今夜我可以写出* /聂鲁达
62	蒙特罗老爹的葬礼晚会 /纪廉
65	永恒的骰子 /巴列霍
67	绝望的歌 /聂鲁达

I

71	甘蔗	/纪廉
72	遥远的脚步声	/巴列霍
74	我俩一起	/聂鲁达
77	绑架安东尼奥的女人	/纪廉
80	给我的哥哥米盖	/巴列霍
82	我双腿的仪式	/聂鲁达
86	山瑟玛亚	/纪廉
89	判决	/巴列霍
92	带着悲叹的颂歌	/聂鲁达
95	祖父	/纪廉
96	无法遗忘(奏鸣曲)	/聂鲁达
98	两个祖父之歌	/纪廉
102	*11 我遇到一个女孩*	/巴列霍
104	我述说一些事情	/聂鲁达
109	哀歌第四	/纪廉
113	*15 在我们同睡过许多夜晚的*	/巴列霍
115	给玻利瓦尔的歌	/聂鲁达
119	我不知道为什么你认为	/纪廉
121	*18 哦小囚室的四面墙*	/巴列霍

123	马祖匹祖高地	/聂鲁达
148	吉他	/纪廉
151	汗和鞭子	/纪廉
153	*23* 装着我那些饼干的通红的烤箱	/巴列霍
155	柯尔特斯	/聂鲁达
158	颂乐六	/纪廉
162	哀歌	/纪廉
164	记忆之水	/纪廉
166	人心果树	/纪廉
168	一只长长的绿蜥蜴	/纪廉
170	里约之歌	/纪廉
173	*33* 假如今夜下雨	/巴列霍
175	哀歌	/聂鲁达
178	小石城	/纪廉
181	姓氏	/纪廉
188	悼埃米特·提尔	/纪廉
193	谣曲: 杂色的玉米棒上	/纪廉
195	炉中石	/纪廉
197	阿空加瓜山	/纪廉

198	45 潮水涌来时,我脱离了大海 /巴列霍
200	58 在囚室,在不可破的牢固中 /巴列霍
203	61 今夜我从马上下来 /巴列霍
205	艾尔西亚 /聂鲁达
207	69 你如何追猎我们,哦海啊 /巴列霍
208	巴托洛梅·德拉斯·卡萨斯神父 /聂鲁达
214	71 太阳蛇行于你清凉的手上 /巴列霍
216	劳塔罗对抗人头马(1554) /聂鲁达
219	夜之笼 /莱昂·费利佩
221	基督 /莱昂·费利佩
223	这位统率历史的骄傲船长 /莱昂·费利佩
226	空十字架空长袍 /莱昂·费利佩
229	切线 /莱昂·费利佩
232	给我你的黑圣饼 /莱昂·费利佩
233	大冒险 /莱昂·费利佩
267	比赛 /莱昂·费利佩
268	陶罐 /莱昂·费利佩

附录

273　《绿色笔记本》中的巴列霍 /陈黎、张芬龄
276　《绿色笔记本》中的聂鲁达 /陈黎、张芬龄
279　《绿色笔记本》中的纪廉 /袁婧
283　《绿色笔记本》中的莱昂·费利佩 /袁婧
287　四诗人选入诗索引

译者序

去年初,接获雅众文化公司取得古巴浪漫冒险家切·格瓦拉(Che Guevara,1928—1967)背包里极富传奇色彩的手抄本诗选《绿色笔记本》(*El cuaderno verde del Che*)出版权并邀我参与翻译的消息时,我忽有一种青春之血在身的亢奋感。传奇的"切",革命路上随身携带的传奇的《绿色笔记本》里,抄录了四位西班牙语诗人——秘鲁诗人巴列霍(César Vallejo)、智利诗人聂鲁达(Pablo Neruda)、古巴诗人纪廉(Nicolás Guillén)、从西班牙流亡至墨西哥的莱昂·费利佩(León Felipe)——的六十九首诗作。我很快知道我为什么亢奋了。四十多年前,我与张芬龄大学刚毕业,着手翻译拉丁美洲现代诗时,最先移枝结出果实的诗人就是聂鲁达与巴列霍。1979 至 1982 年间我们在台湾的刊物上,陆续发表多篇聂鲁达与巴列霍的诗选译与评介,1981年结集出版了一册《聂鲁达诗集》。这些耕耘也呈现在我们后来出版、厚六百四十余页的《拉丁美洲现代诗选》(1989)里。

《拉丁美洲现代诗选》中也选译了多首纪廉的诗，短短八行的《甘蔗》，译出后还引起不少回响。莱昂·费利佩的诗作本来也在当初我购自海外的几本欧美现代诗"秘笈"里，考虑到他虽流亡墨西哥，但仍为西班牙籍，就没有将他收进《拉丁美洲现代诗选》了。此次看到"切"抄选的《绿色笔记本》，觉得在墨西哥住了三十年且终老于斯的莱昂·费利佩，某种意义上，应也算是墨西哥或拉丁美洲诗人。

到目前为止出版了五册中译聂鲁达诗集、一册巴列霍诗选（《白石上的黑石》，2017）的张芬龄与我，在《绿色笔记本》里与神交多年的几位拉美诗人重逢，虽然觉得事颇曼妙但也让人叹年华、逝水之不居。商讨后决定再献绵薄之力，但因正埋首于系列日本俳句、短歌的阅读与中译工作，我们深恐能力与时间不足，乃思邀请目前在北大攻读西班牙语文学博士的杰出年轻译者袁婧共同为之。我和袁婧曾在一次国际诗歌节活动中，与多位西班牙语诗人一起交流，她对西班牙语诗歌的敏锐领悟，以及勤奋、力求精准的译诗态度，让我印象深刻，这几年她也翻译出版了几位古巴、智利诗人之作，以及墨西哥小说家富恩特斯短篇集。她自己也亲履墨西哥，游学一年。此次邀到她翻译《绿色笔记本》里古巴诗人纪廉以及"半个"墨西哥诗人莱昂·费利佩的诗作，实在是再恰当不过的事。本书中"切"所选的十八首巴列霍诗与十七首聂鲁达诗,全由我与张芬龄翻译;二十五首纪廉的诗,我与张芬龄翻译六首,袁婧翻译十九首;九首莱昂·费利佩的诗全由袁婧翻译;书前的"编者序"也由袁婧翻译。本书每首诗之后都附注了译者之名。

这本"切"的《绿色笔记本》意外"切"入我的生活,让我甘心融在其中,其实还有一个原因。2014年秋天我受邀参加美国爱荷华大学"国际写作计划",同侪中包括古巴诗人奥玛·普锐斯(Omar Pérez)——年届半百的他居然是切·格瓦拉最小的儿子!因非婚生之故,姓与"切"不同。奥玛是极为迷人的诗人,在美国三个月当中,我与他在爱荷华酒吧、华盛顿国会图书馆、纽约"诗人之家"等处同场吟诗、谈诗,渐成好友。他总是带着一个木箱鼓(cajón),一边击鼓,一边吟唱,潇洒、自在,令人艳羡。一方面你可以从他身上想象"切"如果复活、现身吟诗,会是什么样的英姿神情,一方面修习禅宗多年的奥玛寓动于静、不疾不徐的独特气质,可能又有别于"切"。2014年12月,我邀他从哈瓦那来台北参加诗歌节,他照样拿着木箱鼓登场,一击鼓,一张口,听众们(特别是女性听众)都好似醉了。啊,颇有乃父"切"入人心,万人争迷之风。

这本《绿色笔记本:拉美四诗人诗抄》本当于今年初即可完稿,但"新冠"疫情突发,袁婧把快底定的译稿留置在学校宿舍,过了半年——也就是上个月——方获准返校取出电脑里的档案及时修订妥当、完成任务。我们把彼此译稿发给对方,就许多细节做了蛮有助益的讨论与协调。她发给我一条消息,说"翻译的过程中我越来越喜欢这个笔记本了,经常被感动……"。我相信如此。她给我的电邮中有几段提到她与此书两位诗人相关之事,我觉得很真挚、生动,特掌"切"抄录于下与大家共享:

> 1938年,西班牙共和军在内战中败局已定,莱昂·费利佩不得不离开祖国,流亡墨西哥,最终在他乡去世。整整八十年后,我在西班牙语语言文学专业念硕士二年级,第一次有机会来到梦想中的拉美,从北京"流放"到墨西哥城,浸入这座莱昂·费利佩曾经生活了三十年的城市,体会他所言的"我曾在这里尖叫、忍受、抗议、咒骂、满心惊奇"。
>
> 显然,莱昂·费利佩在美洲比在祖国得到了更多的荣耀。在墨西哥,他的名字被用来命名街道、研究中心、图书馆等等。在墨城地标性质的查普尔特佩克森林公园,草丛中蹲坐着莱昂·费利佩的塑像:年迈的他左手抱一根拐杖,右手拿一本书,眼镜后眉头微蹙,头微微向下低着。如织的行人从他身旁

经过，而莱昂·费利佩仿佛沉浸在自己的思考中，又像是随时会站起身来，发表一番他标志性的慷慨激昂、富有戏剧性的演讲。走过时我也在想，此刻他是否正如他钟情的堂吉诃德，在心中构想一个"充满正义与爱的世界"。

对于纪廉，我过去有的一些模糊的刻板印象，不过是从文学史上读来的几个诸如"黑人诗歌""民族诗人"的标签。

同样是在墨城生活期间，我偶然走进一家二手书店，在庞杂的藏书中随手翻开一本拉美诗选，映入眼帘是一首短短的小诗，题为《俳谐之一》（Haikai I），草译如下："月在湖上／风声作响，／碎镜千片／粼粼琅琅……"（La luna sobre el lago. / Susurra el viento. / Rotos en mil pedazos. / ¡Cuántos espejos!）

我即刻被诗中简单的场景和朗朗上口的音韵打动，前后翻阅才得知这首小诗就来自那位我熟悉但陌生的大诗人，纪廉在我心中的形象也顿时生动可爱了起来。

再后来，我被纪廉的声音吸引着，有幸来到古巴，用全部感官感受他诗作中的乐声、鼓点、舞步和风景，试图理解他对这个形如"一只长长的绿蜥蜴"的小岛的深情。在翻译中，我也尝试还原自己阅读西语原文的体验，尽可能地保留其中独特的节奏和韵味。

我没想到纪廉居然也写俳句！"切"的诗人儿子奥玛恰好得过古巴颇重要的"尼古拉斯·纪廉诗歌奖"。有其子必有其父。我姑且抄一首我先前译的奥玛短诗《我无法向你解释为什么我会微笑》（No te puedo explicar por qué sonrío），让大家想象一下"切"自己写诗时，有可能切出什么样貌：

> 我无法向你解释为什么我会微笑
> 在注视这些植物的时候
> 植物各安其位，安歇，起身
> 无须解释，不因我未获准
> 观察的观察而失去任何
> 光泽，而且我未获准食用
> 便食用它们
> 未获准微笑
> 便微笑……

《绿色笔记本》里的诗一定让"切"微笑过。时而悲,时而愤,时而喜,时而醉——得意、如意未必胜过一株绿色植物的吾等人类,可能有时候要庆幸我们还有"诗",还有一本藏诸心中的"绿色笔记本",伴我们兴、观、群、怨,让我们不时出神、入神、会心、动心,因而微笑,虽然我无法向你解释为什么我们获准因为诗,因为爱,而微笑……

陈黎

2020年7月　台湾花莲

编者序

帕科·伊·泰沃二世
(Paco Ignacio Taibo II)

一、日记

三位身着突击队制服的军官和一位中情局特工仔细检查了背包。他们收获的战利品并不可观：十二卷底片、二十几张带有彩色标记的地图、一台损坏已久的便携式收音机、两个记事本和一个绿色笔记本。

记事本轰动一时。军官浏览细小的字迹，终于确认上面记录的是从1966年11月至1967年10月的日记。不久后，在关押背包主人的校舍门口临时搭建起的工作室里，一位中情局特工翻拍了日记的内容。所有物品由一位上校乘直升机送往玻利维亚首都拉巴斯。

绿色笔记本上写了一些诗，当时似乎并未引发多少关注。

几个小时后，背包的主人埃内斯托·切·格瓦拉司令在这间位于伊格拉村（La Higuera）的小校舍中遭处决，他身上仅有的私人物品被瓜分。

几经易手后,切的日记被存放于玻利维亚军情局办公室的保险柜中。玻利维亚内政部部长偷走了日记副本,并把它带到古巴,这使玻国军方篡改日记的企图落空,《玻利维亚日记》在全球发行了无数个版本。

(二十世纪)八十年代中期,日记本再度成为焦点——英国著名拍卖行苏富比宣布即将拍卖切的日记原本并估价二十五万英镑。日记本是如何来到拍卖行的?玻利维亚政府展开调查,答案很快指向前独裁者路易斯·加西亚·梅萨将军[1],他把日记卖给了一个"巴西人",这个"巴西人"又转手卖给一家英国画廊,又或许"巴西人"只是充当了这场买卖的中间人。1984年6月,由于玻利维亚政府多次起诉,以及切的遗孀公开谴责,苏富比拍卖行被迫中止拍卖。

经过多年激烈的争论与风波,两本日记的流转已经大致清晰,然而那个绿色封面、抄有诗篇的第三个笔记本却下落不明。里面是切在玻利维亚游击战期间写作的诗吗?还是他在最后两年中抄录的诗?切钟情的诗人是谁?又或许其中既有创作也有摘抄?诗中是否藏有秘密?这个绿色笔记本身在何方?

---

[1] 路易斯·加西亚·梅萨(Luis García Meza,1929—2018),1980至1981年任玻利维亚总统。

二、绿色笔记本

2002年8月的一个早晨,我的老友、值得信任的伙伴J. A.把一包复印件放在了我的桌上,问道:

"这是什么?是谁的?你能认出里面的字迹吗?"

我一页页地翻着,不禁打了一阵寒战。像是切的笔迹。真的吗?哪儿来的?我拜托他给我几天时间查看。

我把这包复印件带回家,用切亲笔书写的各种文件和它比照:玻利维亚日记的片段、六十年代初的信件的副本,给菲德尔的道别信的摹本,刚果日记上的修订标记。那的的确确是切的笔迹。

我慢慢浏览这一百五十张纸,必须承认的是,我满怀敬意。即便我在切的身边生活了那么多年,他依旧让我感觉诧异、惊喜。

这是一本诗集,大多作品带有题目或是标有所在组诗中的序号,但并未注明作者的信息,除了一处"L. Felipe"——这无疑指向晚年流亡墨西哥的西班牙诗人莱昂·费利佩。其中许多作品是能够辨识的。切为何费力抄写或默写这些诗作?为何省略作者?又为何把它们抄在这个笔记本里呢?

毫无疑问,这就是在玻利维亚不见踪影的那个绿色笔记本。它如何流传到了这里?

我还原出背包中物品的经历。绿色笔记本和其他物品一同落入玻利维亚军情局的手中。它并未出现在加西亚·梅萨偷走并试图卖给苏富比拍卖行的材料中。线索逐渐清晰：最近几年，有人从玻利维亚军情局的保险柜中偷走或复印了这个笔记本。

切在何时写下这个绿色笔记本？

书写可能开始于1965年刚果游击战之后、切离开达累斯萨拉姆[1]之前，或者是他在布拉格的漫长等待期间，那时他准备赶赴古巴的皮纳尔德尔里奥[2]，组织针对玻利维亚游击战的军事训练。笔记本的封面上印有阿拉伯语。切是在1965年离开坦桑尼亚前买下了这个本子吗？

能确定的是，笔记本中有一部分内容是在玻利维亚游击战期间写下的。有一张照片，如果用放大镜仔细观察，可以隐约看到切在一棵树上警戒，同时在绿色笔记本上写着什么。我们知道那几个月切在背包里装了哪些书，其中几位作家和我在笔记本中辨认出的一致。

是抄下的还是凭记忆默写的？我翻阅藏书，比对我所熟悉的诗作。可以确定，是切抄下来的。如果凭记忆默写，不会精确到记住某个四行诗节是以分号结束，或是某个句子随意的分行方式。

那么切为何省略了作者？他们都是切非常喜欢的作家，这是他设计的一场趣味挑战吗？一场智力游戏？

1　达累斯萨拉姆（Dar es Salaam），坦桑尼亚最大的城市、原首都。
2　皮纳尔德尔里奥（Pinar del Río），位于古巴西部。

("我对他们了如指掌,有必要写上名字吗?")又或许他曾半严肃半开玩笑地设想,他的笔记本会因而成为一份私人文件,只有他能破解其中的秘密。也许这是一种记忆方式?把它们先抄下来再背诵。无论如何,这是一本诗歌选集。

这是切的诗歌选集。一本私人选集。

三、切与诗歌

切一生热衷读诗。相关逸事不胜枚举。例如他曾在一封致医学院同窗好友蒂塔·因方特[1]的信中写道:"我也有过自暴自弃,或是说消极悲观的时刻(……)如果哪天我偶尔冒出那样的念头,我就喝几杯马黛茶,读几行诗。"

切在少年时遇见诗歌,那时他的哮喘时常发作,迫使他长时间静卧,他在书中找到了这个能够藏身的平行世界。他对诗歌的热爱或许始自巴勃罗·聂鲁达,还有波德莱尔的《恶之花》,值得一提的是,他读的是《恶之花》的法语原文。十五岁时他读到了魏尔伦和安东尼

---

[1] 蒂塔·因方特(Tita Infante),切在布宜诺斯艾利斯读医学院时结识的好友,两人维持着密切的书信往来。蒂塔在切被杀害的几年后自杀辞世。

奥·马查多[1]。他阅读甘地[2]并被其深深触动,据朋友们回忆,也在这时,切诵读聂鲁达,还有西班牙诗人的作品。这四行诗一直萦绕着他。"那是谎言／以谎言打造的悲伤事实,／脚步声响起／在一个不复存在的马德里。"

1952年,二十四岁的切在波哥大遇见一位哥伦比亚学生领袖,他们聊政治,聊文学。切告诉他,自己背得出聂鲁达的所有情诗。哥伦比亚学生出题挑战:

"第二十首……"

切毫不犹豫地回答:"今夜我可以写出最悲伤的诗。写,譬如说……"一直背完。

几年之后,在墨西哥的一间监狱中,他写信给父母:"如果因为任何原因(我并不认为有这种可能),导致我不能继续写信,甚至面临生死关头,请把下面这几行文字当作道别,它们朴实无华但无比真诚。我一生都在磕磕绊绊地寻找我的真理,在这条路上,女儿是我生命的延续,我可以暂时停下脚步了。从现在起,我不会再将死亡视作挫败,一如希克梅特[3]所言:'我将带进坟墓的痛苦／只是一首未完的歌。'"

1956年9月在墨西哥的日子里,切被迫秘密行动,

---

[1] 安东尼奥·马查多(Antonio Machado, 1875—1939),西班牙诗人,"九八一代"代表人物。
[2] 莫罕达斯·卡拉姆昌德·甘地(Mohandas Karamchand Gandhi, 1869—1948),尊称圣雄甘地,印度独立运动领袖。
[3] 纳齐姆·希克梅特(Nazim Hikmet, 1902—1963),土耳其诗人、共产党员。

"墨西哥当局犯下了严重的错误,他们相信了我的君子之言,恢复了我的自由,并要求我在十天之内离开墨西哥",他几次出入墨西哥城。在少有的和女儿小伊尔达共度的时间里,切给她读安东尼奥·马查多献给利斯特尔将军[1]的诗:"我的文字遍布山川大海/若我的笔能如你的枪/我离世时将如一位快活的将军。"七个月大的小姑娘似乎喜欢马查多诗句的声音,因为诗一念完她就又哭又闹,想要听到更多。

在马埃斯特拉山[2]打游击的时候,切搭建运输网络,请人将马蒂[3]的书,还有何塞·马利亚·埃雷迪亚[4]、赫特鲁迪斯·德·阿维利亚内达[5]、加夫列尔·德拉·孔塞普西翁[6]和鲁文·达里奥[7]的诗集运到山上,替换他在读的那本埃米尔·路德维希[8]的《歌德传》。有张照片记录

---

[1] 此处或因作者笔误写作"Listen",实指利斯特尔(Enrique Líster,1907—1994),西班牙军官、共产主义者,在西班牙内战中加入共和军,二战中在苏联红军任将军。
[2] 马埃斯特拉山(Sierra Maestra),古巴东南部山脉。
[3] 马蒂(José Martí,1853—1895),古巴现代主义先驱、诗人、政治家、独立战争领袖。
[4] 何塞·玛丽亚·埃雷迪亚(José María Heredia,1803—1839),古巴诗人,美洲浪漫主义诗歌先驱。
[5] 赫特鲁迪斯·德·阿维利亚内达(Gertrudis de Avellaneda,1814—1873),生于古巴的浪漫主义女小说家、戏剧家、诗人。
[6] 加夫列尔·德拉·孔塞普西翁(Gabriel de la Concepción,1809—1844),古巴黑人诗人。
[7] 鲁文·达里奥(Rubén Darío,1867—1916),尼加拉瓜诗人,现代主义代表人物。
[8] 埃米尔·路德维希(Goethe de Emil Ludwig,1881—1948),德国犹太裔传记作家,曾为贝多芬、歌德、拿破仑、俾斯麦等人作传。

了切在茅屋里读这本传记的样子,他侧卧,盖着一条毯子,嘴里叼着一支粗大的雪茄。

1961年1月,革命胜利之后,时任古巴工业部部长的切在一次采访中对伊戈尔·曼[1]讲,"我对聂鲁达的作品烂熟于心,床头柜上放着我阅读的法语版的波德莱尔",并坦言他最喜欢聂鲁达的《献给斯大林格勒的新情歌》。

"我曾描写时间和水/我曾形容哀伤和它的紫色/我曾描写天空和苹果/现在我描写斯大林格勒。"

切的伴侣阿莱达·马奇[2]回忆:"他一刻不停地阅读,一有空就读,在会议和会议之间,在赶路的时候。"

不过,有一张图像比上述的故事更具说服力。在军方缴获于尼扬卡瓦苏[3]的胶卷中,有张照片拍到切高高地爬在一棵树上,应该正处在又一次无休止的警戒之中,他的手里捧着一本诗集。

四、诗人切

切不仅始终热衷读诗,也是个与诗歌缠绵的创作

---

[1] 伊戈尔·曼(Igor Man, 1922—2009),意大利记者。
[2] 阿莱达·马奇(Aleida March, 1936—),切的第二任妻子。
[3] 尼扬卡瓦苏(Ñancahuazú),玻利维亚河流,切在这里领导游击战并被杀害。

者，离她时远时近，总是满怀敬意——更准确地说是过度的敬意。他对自己的作品从不满意，认为那些诗没有多大价值，也从未拿去发表。

青少年时期的切应该是个笔耕不辍的诗人，然而我们现在能读到他为数不多的诗作都写于1954至1956年间，是他在危地马拉和墨西哥时所作。那一时期的切正经历着剧烈的转变，他被向他敞开的大千世界深深吸引，也沉醉于前哥伦布时期的遗迹：

切在1955年写下："大海用它友好的手呼唤我／我的草原——一片大陆——／柔软而长久地铺展着／仿佛暮色中的钟声。"

之后他在另一首诗中重现这些意象："我独自面对无情的夜晚／以及钞票特有的魅人气味／欧罗巴以陈年佳酿的嗓音呼唤我／金发美人的气息，博物馆的藏品。／在新兴国家欢快的号角声中／我迎面接受／马克思与恩格斯之歌的壮阔冲击。"

欧洲、拉丁美洲、革命，以及令人意想不到的前哥伦布世界。他在一首关于帕伦克遗迹[1]的诗中记录下他的痴迷："是什么力量让你经年累月却屹立不倒／生龙活虎仿佛正值青春？日暮时分，是哪位神明轻吹／为你的余韵赋予生气？"

1　帕伦克（Palenque），位于墨西哥南部的玛雅遗迹。

在墨西哥行医期间，切医治了一位名叫玛丽亚的女人，她因患有哮喘而饱受呼吸系统疾病的折磨。玛丽亚有一个女儿和三四个孙子孙女，就像当时墨西哥时兴的说法，她的去世"不痛不痒"。他切身感受到玛丽亚的不幸，写下一首诗：

"年迈的玛丽亚，你将要离开／我想郑重地对你说／你的生命宛若一条串满痛苦的念珠／没有爱人没有健康没有金钱／仅仅剩下饥饿可与人分享。"

这首诗的节奏并不紧凑，但一点点地，随着对女人的不幸、医院病房和由哮喘引发的死亡的描述逐渐丰满，出现了"医生双手间温柔的羞愧"，它们握住老妇人的手并对她许诺，"用低沉雄浑的声音诉说希望，用最炽热阳刚的声音讲述复仇，你的孙辈将沐浴朝霞"。诗作最后唱了个高调，但不乏真诚，结句是大写的"我发誓"。

在切创作于墨西哥的诗作中，有一首写于乔莱奥（Choleo）农庄，他们在那里进行军事训练。那首诗恐怕是他最糟糕的作品之一。那是一首献给菲德尔[1]的史诗，最大的意义在于一方面反映出这位古巴领导人对切这个阿根廷医生的巨大引力（"走吧，／预言黎明的

1　菲德尔·卡斯特罗（Fidel Castro，1926—2016），古巴政治家、军事家、革命领袖。

炽热先知，/经由隐蔽的通讯小径/解放你深爱的绿鳄鱼"），另一方面表现出切对于投身革命事业的严肃态度："如果途中遭遇武力阻拦，/让我们求取一块沾满古巴眼泪的裹尸布/以覆盖美洲历史进程中/游击队员的白骨。/就这样。"

切从未将《走吧，预言黎明的炽热先知》这首诗送给菲德尔。显然，他并不认为这是一首好诗，只想把它留作纪念。

几年后，《绿色橄榄树》杂志[1]的主编莱昂内尔·索托[2]发表了这首诗，切愤慨万分，传信警告他不应该未经允许发表任何作品，更何况是"这些糟糕透顶的诗句"。切将他的诗歌视作隐私。还有一次帕尔多·利亚达[3]提出发表他的诗，或在广播中朗诵，切开玩笑地恐吓说要枪毙了他。

很可能切在最后几年中依旧笔耕不辍，只是那些诗作不为人所知。

---

[1] 《绿色橄榄树》（*Verde Olivo*），古巴革命武装力量（las Fuerzas Armadas Revolucionarias, FAR）的机关刊物，创立于古巴革命胜利后。
[2] 此处或因作者笔误写作"Leonel Soto"，实指利昂内尔·索托（Lionel Soto，1927—2008），古巴历史学家、外交家、教授。
[3] 帕尔多·利亚达（Pardo Liada，1923—2009），古巴记者、政治家，后流亡哥伦比亚。

五、选集

在切的绿色笔记本所收录的六十九首作品中,只有一首标明了作者,即第六十五首《大冒险》在篇末写出 L. Felipe。其余六十八首并未注明作者。

起初,我想列出一张名单,写下那些据我所知受切喜爱的诗人,结果清单相当庞杂,包括了几十位作家的名字。

我可以去求助一些学识渊博、熟读诗篇的朋友和专家。我确定罗伯托·费尔南德斯·雷马塔[1]能在几分钟内解决绝大多数的谜题,但这个挑战令我痴迷。我继续古老的福尔摩斯式阅读,逻辑无懈可击:排除掉不可能的,余下的……我首先识别出十几首我熟悉的和有印象的作品。塞萨尔·巴列霍的《黑色的使者》。出自巴勃罗·聂鲁达《二十首情诗和一首绝望的歌》的第二十首《今夜我可以写出》和《绝望的歌》,以及他那首家喻户晓的《告别》;还有选自巴列霍 Trilce 的两首诗,《在我们同睡过许多夜晚的》和《今夜我从马上下来》;尼古拉斯·纪廉的好几首作品:《我不知道为什么你认为》《山瑟玛亚》《一只长长的绿蜥蜴》;还有那首莱昂·费利佩的诗作,切已经标出了作者:"时间过去了四百年……"

---

[1] 罗伯托·费尔南德斯·雷马塔(Roberto Fernandez Rematar,1930—),古巴诗人、文学批评家。

由此基本确定了四位诗人：巴勃罗·聂鲁达、塞萨尔·巴列霍、尼古拉斯·纪廉和莱昂·费利佩。在我看来这是第一步。我从这四位诗人入手，着手查阅剩下的作品，把最困难的留到最后。有些相对容易，我直觉有几首应该来自《一般之歌》，还有的只可能是莱昂·费利佩或是某位与他十分相近的模仿者所作，有些是巴列霍式的句子，还有纪廉的加勒比颂乐。我手头的几本选集收录不全，必须找到巴列霍、聂鲁达和纪廉诗歌全集的各种版本，并从我父亲的藏书中搜罗莱昂·费利佩的所有作品。

或许这项工作对一位专家来说会简单得多，但他不会像我这样乐在其中。在顶着黑眼圈、呵欠不停地通宵达旦了一周之后，我确认了六十九首中的六十七首，其余的两首也在稍后水落石出。

在这个过程中，我遇到了几处陷阱，切省略了两首诗的题目，将其中一首抄在两张纸上，中间夹了另一首诗，这两首诗都只抄录了片段，一首紧跟着另一首诗，没切分开。

切的选集终于理清了。

笔记本收录有巴勃罗·聂鲁达、塞萨尔·巴列霍、尼古拉斯·纪廉和莱昂·费利佩的诗作，就是这四位诗人。全部是他们的作品。有趣的是，这些诗作并未按作者排列，甚至没有任何顺序可言（选集通常以时间排序）。

换句话说，切在阅读时不加区分地摘录下四位诗人的作品。起初能看出一种顺序：一首巴列霍的诗，一首聂鲁达的诗，一首纪廉的诗；这样的排列方式重复了八次。我思索这种排列的背后是否暗藏着秘密，然而规律在不久后被打破，也再没有发现其他的顺序。

有几首诗令我困惑不已，日期对应不上。纪廉的《阿空加瓜山》发表于1967年的诗集《伟大的动物园》，不过此前已于1959年刊登在古巴的《革命星期一》[1]；因此，这首诗很可能曾经出现在某本选集中，或者是切留存了当时的剪报。第二个疑惑来自莱昂·费利佩的《啊，这把破旧小提琴！》中的作品，这部诗集于1965年年底在墨西哥经济文化基金会（FCE）出版；但这并不奇怪，莱昂·费利佩可能寄了一本到古巴，在玻利维亚游击战前夕的军事训练期间，有人将书带到了皮纳尔德尔里奥的营地，转交给在那里短暂停留的切。

切在抄录中只对原诗做了微小的改动：在纪廉的《黑白混血女郎》一诗中，切修正了原诗中古巴俗语的口语拼写，把"dise"（说）改为"dice"，"cobbata"（领带）改为"corbata"，"narise"（鼻子）改为"narices"，"veddá"（真相）改为"verdad"。

还有最后一个疑问，选集中为何没有出现切最爱的

---

[1] 《革命星期一》（*Lunes de la Revolución*），古巴《革命报》（*Revolución*）每周一份的文学增刊，于1959至1961年间发行。

那首聂鲁达的《献给斯大林格勒的新情歌》？为何没有收入巴列霍关于西班牙内战的诗？绝非因为他已经对这些作品烂熟于心——他对聂鲁达的情诗同样了如指掌，这些情诗却出现在笔记本上。出于某些原因，他没有收入那些诗，使得这本诗选让步于情诗与抒情的反思。或许这是切在生命的最后两年中不得已面对的转变——生活被革命的旋涡裹挟，而这场革命正化作虚空。

面对日常生活的艰苦，诗歌于他是庇护，将他引向内心，引向美洲和西班牙的历史想像。

六、切与诗人

1938年，秘鲁诗人塞萨尔·巴列霍在暴雨中的巴黎逝世，那天是星期五，并非他（在《白石上的黑石》一诗中）所预言的星期四，而当时切九岁。在选集的四位诗人中，切唯独不曾与他相识。虽然巴列霍在世时，切或许已经读过他的诗，特别是那些献给西班牙内战的作品。

巴勃罗·聂鲁达是切年轻时热爱的诗人。1955或1956年在墨西哥停留期间，切写过一篇关于《一般之歌》的长评，讲到其中的诗作蕴含"精确的隐喻""朴素而优美"，并评价这部诗集为"诗意美洲的巅峰之作"。在

1961年1月,时任古巴国家银行行长的切接见了聂鲁达,并收到一本题赠的《一般之歌》。从那时起,这本书便在床头柜上与他相伴。

尼古拉斯·纪廉和切交往甚密,他是第一位受邀参访拉卡巴尼亚要塞(La Cabaña)的诗人,切的第八纵队自古巴革命胜利后便驻守在那里。1959年2月,纪廉为游击队的战士们举办了一场诗歌朗诵会。他曾献给切一首诗,在我看来相当笨拙("正如圣马丁纯洁的手/伸向真挚的马蒂,正如滋养草木的拉普拉塔河前来/与考托河的水流与柔情汇合,/格瓦拉,声音粗犷的高乔人/献给菲德尔他那游击队员的鲜血。"[1])。

切在墨西哥期间结识了流亡在墨西哥城的西班牙诗人莱昂·费利佩。里卡多·罗霍[2]回忆起一次在咖啡厅的会面——在交谈中,当流亡的诗人与流亡的年轻人翘起脚来,两人都露出磨破的鞋底。他们的会面应该给切留下了深刻的印记,革命胜利后,他多次提到莱昂·菲利佩,给他写信,并把自己的作品寄给他。

这三位生命轨迹与切有所交会的诗人并不知道,他们在切的背包里,陪伴他进行最后的战役。他们以文字向切道别:

聂鲁达在《世界尽头》(*Fin de mundo*)的《哀悼

---

[1] 圣马丁(San Martín, 1778—1850),阿根廷军事家、政治家,南美洲独立运动领袖。拉普拉塔河(el Plata),位于南美洲阿根廷与乌拉圭之间的河流。考托河(Río Cauto),古巴最大的河流。
[2] 里卡多·罗霍(Ricardo Rojo, 1923—1996),阿根廷政治家。

英雄之死》(Tristeza en la muerte de un héroe)中写道:"我们经历了这段历史／这场死亡并见证／封存的希望再度复活／我们选择了战斗／并看到旗帜升起／我们知道那些沉默不语的／才是我们的英雄……"

纪廉在《切司令官》(Che comandante)中写道:"你的声音不会／因你的倒下而低微。／一匹烈火战马／载着你的游击队员雕像／穿越在山脉的风云之间。"

莱昂·费利佩在献给切的诗中提到洛西南特的嘶鸣,而切一直钟情堂吉诃德的这匹瘦马。诗人写道:"你永远是使徒与福音的佣军指挥官,是擅长三连翻的勇敢竞技少年。"

(袁婧 译)

诗人简介

巴列霍

(César Vallejo,1892—1938)

秘鲁诗人,二十世纪最重要的拉丁美洲诗人之一。他的诗情感热烈丰富,技巧上对传统语言做了革命性的突破。1918 年出版第一本诗集《黑色的使者》。1920 年以"政治骚扰"的罪名被拘禁数月,第二本诗集 Trilce (1922)的诗作中许多即取材于此一重大事件。在这本诗集里,巴列霍实验了许多前卫的技巧,譬如排版的效果,以及语汇的创建。巴列霍的意象常常扭曲得很厉害,而且造句断裂不全,这显示他与外在世界的疏离。对同胞爱的渴望、对虚无和荒谬的感知,一直是巴列霍诗作的两大主题,而他用一种崭新的革命方式表达出来。1923 年以后的十年,他因对社会及政治运动产生兴趣,开始使用其他文学方式表达其意念,写作了一本社会抗议小说及若干剧本，直到1933年后才重新致力于诗的写作，1938年病逝于巴黎。在生命的最后几年里，巴列霍再度狂热地写诗，这些作品一直到他死后才被出版。他于1937年以西班牙内战为题材写成的一组诗，在1940年以《西班牙，求你叫这杯离开我》之名在墨西哥出版。他的其他诗作，共九十五首，则收于《人类的诗》一书，1939年在巴黎出版；这本诗集包含了巴列霍最感人的一些诗篇，生动刻绘了人类在面对死亡及无理性之社会生活时的荒谬处境。

聂鲁达

(Pablo Neruda,1904—1973)

智利诗人。聂鲁达是1971年诺贝尔文学奖得主,也是二十世纪最伟大的拉丁美洲诗人之一。他的诗作甚丰,诗貌繁复,从个人的、抒情的到大众的、史诗的。早期的诗集《二十首情诗和一首绝望的歌》(1924)是他个人欲望、激情与寂寞的情感记录;《地上的居住·第一及第二部》(1925—1935)以超现实的手法呈现出一个破败、虚伪、混乱的世界形象;《地上的居住·第三部》(1935—1945)记载劳工的血汗、人类的团结以及对爱恨的歌颂;《一般之歌》(1950)是以拉丁美洲历史为题材的庞大史诗;三本《元素颂》(1954,1956,1957)则以清新简短的诗行礼赞日常生活、普通人民事物和最根本的生命元素。聂鲁达认为诗歌应该以广大的民众为对象,他致力于诗的明朗化,服膺"诗歌当为平民而作"的诗观,相信诗歌与人类生命密切联结的境界是可以达成的。对他而言,诗不仅是个人情感的抒发或孤寂疏离的心灵活动,更是一种投入群体社会和生命核心的表现。二十世纪六十年代以后,他的诗又经历另一次蜕变,他把触角从群众世界转向自然、海洋,转向内在,像倦游的浪子,企求歇脚之地,企求与宇宙万物的契合,《智利之石》(1961)、《典礼之歌》(1961)、《黑岛的回忆》(1964)、《鸟之书》(1966)、《白日的手》(1968)等诗集相继出版。聂鲁达于1973年病逝于圣地亚哥,死后有《海与铃》(1973)、《疑问集》(1974)等八本诗集出版。

纪 廉

(Nicolás Guillén,1902—1989)

古巴诗人,拉丁美洲黑人诗歌的杰出代表。他的诗作探讨种族和社会问题,语言朴实、节奏性强、情绪真挚。纪廉自青少年时期开始写作。他于1930年发表首部诗集《颂乐的旋律》,反映古巴黑人和黑白混血种人的生活与抗争,受到广泛好评。随后出版的《颂格罗·科颂格》(1931)、《西印度公司》(1934)和《给士兵的歌和给游客的颂乐》(1937)等作品延续了他对种族困境的反思,并将关注延伸至古巴的社会、经济和文化问题,控诉种族压迫和不合理的社会制度,批判帝国主义的侵袭。1937年,纪廉将他对西班牙内战的思考付诸笔端,写成诗集《西班牙:四首哀歌与一种希望》。在二十世纪四十至五十年代,他积极投身政治与文化活动,拜访了南美和欧洲多国,并来到亚洲访问苏联和中国。游历的经验深化了纪廉对美洲和革命的理解,进一步增强了他的使命感。其间他发表了诗集《完整的颂乐》(1947)、《鸽子在人民中飞行》(1958)等。在1959年古巴革命胜利后,纪廉写下十四行诗《切·格瓦拉》,终于结束多年流亡生涯,返回古巴,担任古巴作家与艺术家协会主席。而后相继发表诗集《我有》(1964)、《爱之诗》(1964)、《伟大的动物园》(1967)、《献给切的四首歌》(1969)、《齿轮》(1972)、《每日日记》(1972)等。纪廉的诗歌语言与创作主题相辅相成,他不仅在诗行中加入黑人文化、日常口语中的词汇,更活用了颂乐、谣曲等文体,采取拟声词、重复等修辞手法,以独特的节奏和韵律体现古巴黑人的热情与活力。这位"人民的诗人"在古巴受到热烈的欢迎,即使不识字的人也能读懂他的诗作并为之感染。

莱昂·费利佩

(León Felipe,1884—1968)

二十世纪重要西班牙语诗人。出生于西班牙萨莫拉省塔瓦拉,本名费利佩·卡米诺·加利西亚(Felipe Camino Galicia),他学习药学并成为一名药剂师,35岁时开始创作诗歌,启用笔名"莱昂·费利佩"。莱昂·费利佩于1920年出版第一本诗集《行者的诗句与祈祷》并引起反响。这部作品为他奠定了语言简单、形式自由、寓意深刻的个人风格,其中多首朗朗上口的诗篇被改编为歌曲;诗集所讨论的生命、历史、诗歌、祖国、宗教、失望与挫败情绪等主题在他日后的创作中延续、发展。此后,不安于现状的莱昂·费利佩离开西班牙,游历赤道几内亚、墨西哥、美国等地。而西班牙内战一经爆发,他立即返回祖国,以文字和声音积极投身抗战。共和军的失利迫使莱昂·费利佩于1938年流亡墨西哥,在美洲相继出版《流放与哭泣的西班牙人》(1939)、《你将得到光》(1943)、《破碎集》(1947)、《鹿》(1958)、《啊,这把破旧小提琴!》(1965)、《洛西南特》(1969)等。虽然莱昂·费利佩同样关注战争主题并写作社会承诺诗歌,但与大多数流亡诗人不同,他的写作从关注祖国、历史,到探讨更为抽象和本质的命题,他将目光投向未来,寄希望于一个即将降临的"奇迹"。同时,莱昂·费利佩诗作中的神秘主义风格逐渐深化,他大量运用《圣经》典故,在隐喻与寓言中探讨人类的普遍境遇与个人内心的挣扎。莱昂·费利佩的作品曾在西班牙位禁书行列,加之漫长的流亡经历与难以归类的个人风格,他未能取得与其作品相匹配的声名,最终在墨西哥逝世。

El cuaderno verde del Ché

《绿色笔记本》诗抄

黑色的使者 /巴列霍

生命里有这样重的敲击……我不知道!
像神的憎恨的敲击;仿佛因它们的压力
所有苦难的淤泥都
积存在你的灵魂里……我不知道!

它们不多,但的确存在……它们在最冷酷的
脸上凿出黑暗的沟渠,在最坚硬的背上。
它们许就是野蛮的匈奴王的小雄马;
或者死神派来的黑色的使者。

它们是你灵魂基督们深深的泻槽,
遭命运亵渎的某个可爱的信仰。
那些血腥的敲击是出炉时烫伤我们的
面包的爆裂声。

而人……可怜的人啊!他转动着他的眼睛
当一个巴掌拍在肩膀上召唤我们;
他转动着他疯狂的眼睛,而所有活过的东西

像一泓有罪的池水积存在他目光中。

生命里有这样重的敲击……我不知道!

(陈黎 张芬龄 译)

告别 /聂鲁达

1

自你的深处,双膝下跪,
一个与我相仿的悲伤小孩注视着我们。

因为那将在他血脉里燃烧的生命
会让我们的生命紧紧相系。

因为他那双手,生自你双手,
将会摧毁我的手。

因为他洞开于尘世的双眼
有一天我将见泪光在你眼眸闪烁。

2

亲爱的,我不要他。

这样就没有任何事物束缚我们,
这样我们之间再无任何瓜葛。

既无芬芳你口的甜言，
也无不忍说出的话语。

既无未曾共享的爱之节庆，
也无在窗边你幽幽的啜泣。

3
（我爱水手们那吻后
便一走了之的爱情。

他们留下诺言。
他们从未回来。

每个港口都有个女人等候：
水手们吻后便一走了之。

某一夜他们与死亡交颈共眠
在海的床上。

4
我爱那可以三分为
吻，床笫和面包的爱情。

爱，可以天长地久，
也可能转瞬即逝。

爱，渴望自由，
以便再爱。

爱，可能日趋神圣，
也可能与神圣背道而驰。）

5
我的眼不再迷恋你的眼，
我的苦不再因你贴近而减轻。

但无论我浪迹何方，我带着你的眼神，
而无论你身在何处，我的苦随你同行。

我曾属你，你曾属我。此外呢？我们曾一起
让直路转弯，送走了爱情。

我曾属你，你曾属我。你将属你新欢所有，
他将在你的果园收获我播种之物。

我将别。我心悲：啊，我无时无刻不悲。

我别你怀抱。不知何往。

……有个小孩自你心中跟我说再见。

而我向他道别。

(陈黎 张芬龄 译)

黑白混血女郎 /纪廉

我知道,黑白混血女郎啊,
黑白混血女郎,我知道你说
我的鼻子
扁平得像领带结。

啊,看看你自己
也没好到哪里去——
大大的嘴巴,
红通通的卷发。

老摇荡着你那一身肉,
老摇荡着;
老摇荡着你那一张嘴,
老摇荡着;
老摇荡着你那一双眼,
老摇荡着。

但愿你啊,黑白混血女郎,
能了解真相,

我已经有我的黑女郎,

我一点也不爱你!

译注:此诗标题"黑白混血女郎",西班牙语原文为 mulata,指白人与黑人所生之混血女人。

(陈黎 张芬龄 译)

逝去的牧歌 /巴列霍

此刻她会在做什么呢,我那灯芯草和灯笼果般温柔的
安第斯山姑娘丽达,
当拜占庭令我窒息,而我体内的
血液打着盹,像淡淡的白兰地?

此刻,她的手会在哪儿呢,那以悔恨之姿
在午后熨烫眼前尚未到来之白的双手,
当夺走我生之欲的这场雨
正下着?

她那件法兰绒裙子怎么样了?还有她
劳苦的工作;她走路的姿态;
她尝的当地五月甘蔗的滋味?

此刻她一定正在门口看着云,
最后她会颤抖地说:"天啊……好冷!"
而屋瓦上会有一只野鸟悲鸣。

(陈黎 张芬龄 译)

1 女体,白色小山 /聂鲁达

女体,白色小山,白色大腿,
你屈服向我的姿态有如这世界。
我野蛮的农民的身体挖你、掘你,
让儿子从大地深处蹦出来。

我孤单如一条隧道。鸟儿飞离我,
而夜以强有力的侵袭攻陷我。
为求存活,我锻造你成一件武器,
如一支箭在我弓上,如弹弓上的弹丸。

但复仇的时刻已到,而我爱你。
你身体的肌肤,苔藓,贪婪而稳固的乳汁。
啊,乳房的杯子!啊,迷茫的眼睛!
啊,阴部的玫瑰!啊,你那缓而悲的声音!

我的女人,我将永沉醉于你女体之魅。
我的渴望,我焦急的情欲,我犹疑不决的行止!
阴暗沟渠般,流动着永恒的渴望,
继之以疲惫,以及无穷尽的痛苦。

(陈黎 张芬龄 译)

到达 /纪廉

我们终于到达了!
湿润的声音从森林传来,
烈日在我们的血脉中新生。
有力的拳头
紧握着船桨。

深邃的眼中栖息着棕榈密林。
冲出喉咙的呼喊如一滴纯净黄金。
我们的脚,
坚硬宽大,
为前进的队伍
踏平荒芜小径上的尘土。
我们知道河流源自何处,
我们热爱的河流在红天空下推动我们的独木舟。
我们的歌
仿佛灵魂表皮下的肌肉,
我们朴实的歌。

我们在早晨带来雾霭,
为夜晚送去火焰,
我们的刀,如同一块坚硬的月,

足以划破粗莽的外皮;
我们带着淤泥中的鳄鱼
以及发射我们热望的弓,
我们带着回归线织成的腰带,
以及纯洁的心灵。
我们带着
我们确凿无疑的美洲的特征。

啊,伙伴们,我们终于到达了!
城市迎接我们到来,精致的宫殿
仿佛野蜂的蜂巢;
干涸的街道仿佛无雨的山涧,
房屋透过窗户向我们射来惊恐的眼神。
先民将赐予我们牛奶和蜂蜜
并用绿色的树叶为我们加冕。

啊,伙伴们,我们终于到达了!
太阳之下
我们的汗水将反照败者的泪水,
夜晚,当星辰还在我们的火舌上燃烧,
我们的笑声将与河流和鸟儿一同迎接清晨。

(袁婧 译)

同志爱 / 巴列霍

今天没有人来问我问题;
今天下午,没有人来向我问任何东西。

我一朵坟头的花也没看到,
在这样快乐的光的行列里。
原谅我,上帝:我死得多么少啊。

今天下午,每一个,每一个走过的人
都不曾停下来问我任何东西。

而我不知道他们忘记了什么东西
错误地留在我的手里,像什么陌生的东西。

我跑到门外,
对他们大叫:
如果你们掉了什么东西,在这里啊!

因为在今生所有的下午里,
我不知道他们当着我的面把什么门砰一声关上,

而某个陌生的东西抓着我的灵魂。

今天没有人走过来：
而在今天，今天下午，我死得多么少啊。

（陈黎　张芬龄　译）

10 我们甚至失去了 /聂鲁达

我们甚至失去了这片暮色。
下午没有人看见我们手牵手
当湛蓝的夜降临世界。

从我的窗户我看见
远山上日落的庆典。

有时像一枚硬币
一小片太阳点燃于我双手间。

我忆起你,我心抑郁,
因你所熟知的我的悲伤。

那时,你身在何方?
被哪些人所簇拥?
说了些什么?
为何全部的爱突临我身
当我心正伤悲,觉得你遥不可及?

薄暮时分惯读的那本书掉落地上，
我的披肩像一条受伤的狗在我脚边翻滚。

你总是，总是在下午离去
走向薄暮边跑边抹暗雕像的地方。

(陈黎　张芬龄　译)

黑人之歌 /纪廉

仰磅礴,仰磅贝!
刚果索隆格族人喧声响不停,
黑人,正格的黑人喧声响不停;
来自颂果的刚果索隆格族人
单脚跳着仰礴舞。

玛玛嘟霸,
瑟伦贝,库瑟伦霸。

黑人且歌且醉,
黑人且醉且歌,
黑人歌罢转身而去。
阿库耶魅魅,瑟伦礴;
　　　　啊耶;
　　　　仰礴;
　　　　啊耶。

镗巴,镗巴,镗巴,镗巴,
摇摇欲坠要躺下的黑人的镗巴;

黑人摇摇欲坠要躺下，哇，
哇，摇摇欲坠要躺下的黑人：
仰霸，仰礴，仰磅贝！

译注：此诗西班牙语原文标题"Canto negro"，选自纪廉 1931 年出版的诗集《颂格罗·科颂格》(*Sóngoro cosongo*)。纪廉将古巴黑人的歌舞节奏、字汇与惊叹词融入此诗中，表现出一种强烈的、狂热的、充满激情的黑人生命力，颇接近古巴"颂乐"(son)的节奏。原诗充满"头韵"与"尾韵"的音乐效果，用了许多模拟黑人歌舞节奏的拟声词与颇难解、难译的非洲语汇——譬如第一行的"仰磅礴，仰磅贝！"（¡Yambambó, yambambé!）。索隆格人(solongo)是居住于刚果西部的非洲部族。仰礴(yambó)是一种舞蹈、舞曲。镗巴(tamba)则可能类似我们称作"伦巴舞曲"的 rumba 一词。

（陈黎　张芬龄　译）

悲惨的晚餐 /巴列霍

我们要等多久才能得到那些
不是该给我们的东西……在哪个角落我们可以
让我们可怜的膝盖长久舒展休息！要多久
那鼓舞我们的十字架才能不让它的桨停摆。

要多久，疑惑才会赠我们荣耀之徽，为了
我们所受之苦……
　　　　　　　我们坐在桌前已
如此之久，难过如一个在午夜因
饥饿而啼哭，无法入眠的小孩……

而要多久我们才能和所有的人同聚，在永恒
早晨的边缘，每个人享用过早餐。
我从未叫人领我进入的这泪水的深渊，究竟
还要存在多久！
　　　　　　以肘支撑，
以泪洗面，我低头再三，认输，
自叹弗如：这晚餐还要持续多久啊。

有人狂饮后带着醉意,嘲笑我们,
时而靠近,时而离开,像一支盛着
苦味人类本质的黑勺子——坟墓……
                    这深色的家伙
更不知道这晚餐还要持续多久!

（陈黎　张芬龄　译）

20 今夜我可以写出 / 聂鲁达

今夜我可以写出最悲伤的诗。

写,譬如说,"繁星缀满夜空,
一颗颗灿蓝的星在远处颤抖"。

晚风在空中回旋,歌唱。

今夜我可以写出最悲伤的诗。
我爱她,而有时她也爱我。

在许多仿佛眼前的夜里我拥她入怀。
无尽的天空下与她一吻接一吻。

她爱我,而有时我也爱她。
你怎能不爱她专注的大眼睛?

今夜我可以写出最悲伤的诗。
想到不能拥有她。想到已然失去她。

听到那辽阔的夜,因伊人不在更加辽阔。
诗遂滴落我心,如露珠滴落草原。

我的爱不能留住她又何妨?
繁星缀满夜空,而她舍我而去。

俱往矣。远处有歌声响起。在远处。
我的心不甘就此失去她。

我的目光搜寻着仿佛要将她钩回。
我的心觅她,而她舍我而去。

同样的夜在同样的树上泛着白光。
昔日的我们如今已截然两样。

我确然不再爱她,但我曾经多爱她啊。
我的声音寻求风拂亮她的听觉。

别人的。她即将是别人的了。一如一次次迎我唇。
她的声音,她明亮的身体。她巨大的眼睛。

我确然不再爱她。但也许我仍爱她。
爱是这么短,遗忘是这么长。

因为在许多仿佛眼前的夜里我拥她入怀,
我的心不甘就此失去她。

即令这是她带给我的最终的痛苦,
而这些是我为她写的最终的诗。

(陈黎 张芬龄 译)

蒙特罗老爹的葬礼晚会 /纪廉

你用吉他之火
燃烧了黎明:
果壳碗中的甘蔗汁
来自你注满活力的黝黑肌肉,
在死寂的白月之下。

你演奏的颂乐仿佛一颗人心果,
圆润丰满,透着混血的色泽。

豪饮的酒徒,
马口铁似的喉咙,
泛舟在朗姆酒之海上,
狂欢的骑士:
既然你已无法纵情欢乐,
还要这夜晚做什么,
既然刺入的匕首已让血液
顺着黑色的管道流尽,
还有哪条血管为你输送
这生命的源泉?

现在你已经回天乏术，
蒙特罗老爹！

有人在家里等你，
但你已一命呜呼；
那是一场酒后的哄闹，
但你已一命呜呼；
据说那人是你朋友，
但你已一命呜呼；
没有发现凶器，
但你已一命呜呼。

巴尔多梅罗已经完蛋：
快走吧，伦巴老兄！

只有两支蜡烛
微微燃烧着阴影；
对你不足道的死亡而言
两支蜡烛绰绰有余。
比起它们，更为明亮的是
装点你的歌曲的
红色衬衫，

你的颂乐的黑色趣味
和你烫直的头发。

现在你已经回天乏术,
蒙特罗老爹!

今天在我家院中
拂晓时出现月亮;
她以弯钩凿开大地,
牢牢地嵌入土壤。
孩子们将她捧起
为她洗净脸庞,
今晚我把她带来
请你枕在这轮白月上。

译注:蒙特罗老爹(Papá Montero)是二十世纪初流传于古巴民间的神秘人物。相传他是一位黑皮肤的老人,性格活泼,擅长跳伦巴舞。他在一次狂欢节上被杀,凶手名为巴尔多梅罗,葬礼最终演变成一场古巴黑人的音乐和舞蹈盛宴。蒙特罗老爹的形象为一系列诗歌、音乐、电影、戏剧和画作提供了灵感。

(袁婧 译)

永恒的骰子 /巴列霍

——给曼努埃尔·冈萨雷斯·普拉达,
因了这无羁而奇异的情感,
大师他热情地赞美我。

上帝啊,我为我的生命悲悼,
我后悔拿了你的面包,
但这块可怜的思想的泥土
却不是在你腰间发酵的疥癣,
你可没有逃走的玛利亚!

上帝啊,如果你当过人的话,
你今天就会知道该怎么样当上帝;
但你一向无拘无束
毫不在意你造出来的东西。
而人却得忍受你:上帝是他啊!

今天我巫婆般的眼里烛火燃烧,
仿佛死刑犯的两只眼睛——
上帝啊,你会点亮你全部的蜡烛
而我们将一起来玩古老的骰子……
也许,啊赌徒,赌一赌
全宇宙的命运,

死神的两个黑眼窝将显现,

仿佛一对凄惨的泥幺点。

上帝啊,这个无声无响的黑暗夜晚,

你再也不能玩了,地球已变成一个

因胡乱转动老早

磨圆的破骰子,

无法停下,除非在洞里,

在无边的坟墓的洞里。

译注:曼努埃尔·冈萨雷斯·普拉达(Manuel González Prada,1844—1918),秘鲁诗人、批评家、政治家。幺点,即骰子的一点。

(陈黎 张芬龄 译)

绝望的歌 /聂鲁达

今晚的夜色浮现出对你的记忆。
河流以执拗的哀泣和大海相连。

仿佛黎明时分的码头遭人遗弃。
这是离去的时刻,啊,被遗弃者!

冷冷的花冠雨点般洒落我心头。
啊,废弃物的底舱,溺毙者的冷酷洞窟。

战争和飞行在你身上积累。
鸣禽的羽翼自你身上竖起。

你吞没一切,宛如远方。
宛如海洋,宛如时间。一切皆在你身上沉没!

那是攻击和亲吻的快意时刻。
灿烂耀眼如灯塔的惊异时刻。

舵手的焦虑,盲眼潜水者的愠怒,

爱的骚动迷乱,一切皆在你身上沉没!

在迷雾的童年展翅而受伤的我的灵魂。
迷途的探险者,一切皆在你身上沉没!

你与痛苦纠缠,你紧握欲望不放。
你被忧伤击倒,一切皆在你身上沉没!

我令阴影之墙后退,
我前进,越过欲望与实践。

啊肉体,我的肉体,我爱过却失去的女人,
在此潮湿的时刻,我召唤你,为你高歌。

你盛着无尽的温柔,如同一只杯子,
而无尽的遗忘将你打碎,如同一只杯子。

那是岛屿黑色的寂寞,
而在那儿,爱恋的女人,你的双臂是我的收容所。

那是干渴与饥饿,而你是水果。
那是哀愁与废墟,而你是奇迹。

啊女人，我不知你何以能包容我
于你灵魂的土地，于你双臂的十字架！

我对你的欲望如此可怖又短暂，
如此紊乱又迷醉，如此焦躁又贪婪。

众吻的坟场，你的墓地还留有火光，
累累的果实依然炽热，被群鸟啄食。

啊被咬啮的嘴，啊被亲吻的肢体，
啊饥饿的牙，啊交缠的身躯。

啊，希望和力量疯狂的交媾，
我们在其间结合却感到绝望。

温存，轻柔如水，如面粉。
而话语，在唇间欲言还休。

这是我的命运，我的渴望在那儿航行，
我的渴望在那儿坠落，一切皆在你身上沉没！

啊，废弃物的底舱，一切皆坠落你身上，
什么样的痛苦你未曾表露，什么样的波浪未曾淹没你。

汹涌浪涛间,你依然闪耀地歌唱,
像一名挺立船首的水手。

你依然引吭歌绽出繁花,你依然破浪前行。
啊,废弃物的底舱,敞开而苦涩的水井。

苍白而失明的潜水者,不幸的弹弓手,
迷途的探险者,一切皆在你身上沉没!

这是离去的时刻,难挨而寒冷的时刻,
黑夜将之锁定于所有的时刻表中。

大海喧哗的腰带环绕着海岸。
寒星涌现,黑鸟迁徙。

仿佛黎明时分的码头遭人遗弃。
只剩颤抖的影子在我手中纠结。

啊,到一切的彼端。啊,到一切的彼端。

这是离去的时刻。啊,被遗弃者!

(陈黎 张芬龄 译)

甘蔗 /纪廉

黑人,
在蔗田里。

白人,
在蔗田上。

泥土,
在蔗田下。

血啊,
流自我们身上。

（陈黎 张芬龄 译）

遥远的脚步声 /巴列霍

父亲睡着了。他威严的面容
勾画出一颗平和的心;
他此际多美好啊……
如果还有什么让他痛苦,那一定是我。

屋子里有一股孤寂感;有人祷告;
今天没有孩子们的音讯。
父亲醒来,等着听
逃往埃及的消息,让伤口止血的告别。
他此际离得多近啊;
如果还有什么离他很远,那一定是我。

母亲在果园中散步,
品尝着已然无味之味。
她此际多温柔啊,
多么翅膀,多么出发,多么爱。

屋子里有一股无声的孤寂感,
没有音讯,没有绿色,没有童年。

如果有什么东西在这个午后破裂了,
有什么东西落下来,嘎吱嘎吱响,
那是两条白色、弯曲的老路。
我的心徒步其上。

译注:此诗第二节"逃往埃及"一词,显然用了《圣经·新约·马太福音》第二章中约瑟带着玛利亚与圣婴耶稣逃往埃及,以躲避希律王的杀戮之典故。

(陈黎 张芬龄 译)

我俩一起 /聂鲁达

在阳光下或夜色中,你都是那么纯粹,
你的白色眼窝如此得意、恣意,
你的面包酥胸,气候带的高地,
你的黑树头冠,惹人怜爱,
你孤兽的鼻子,野绵羊的鼻子,
闻起来像阴影,像鲁莽专横的逃逸。
现在我的双手是何等华丽的武器啊,
骨头刀刃和百合指甲多么相配啊,
我面容的情态和我灵魂的租处
恰是大地活力核心之所在。

何其纯粹啊,我那感化夜的目光,
自乌黑的眼睛与凶猛的驱策坠落,
我那有着孪生双腿的对称的雕像
每日清晨向潮湿的星辰飞升,
我那遭流放的嘴咬食肉和葡萄,
我阳刚的臂膀,我刺青的胸膛
长出锡翼般的汗毛,
我白色的脸庞为深沉的太阳而生,

我头发由仪式做成，由黑色矿物，
我的额头如重击或道路般具穿透力，
我成熟人子的肌肤，正为耕作而生，
我饶富情趣的眼睛，是迅捷婚姻之眼，
我的舌是堤岸与船舰的温柔朋友，
我的牙像白色钟面，条理分明彰显公正，
我额头的肌肤是冰冷的空无，
在我背后还原，而后飞到我的眼睑，
因我最深邃的刺激再度折起，
朝我指间、下颚骨以及
我丰美双脚里的玫瑰生长。

而你仿如一整个月的星星，仿如持久专注的吻，
仿如羽翼的结构，或初秋，
女孩，我的支柱，我心爱的人儿，
光在你金黄如牛的大眼睑下
铺床，圆嘟嘟的鸽子
频频在你体内筑白色的巢。

以浪的铸块与白色钳子构成，
你的活力如愤怒的苹果般无限伸延，
颤动的木桶，你的胃在其中聆听，
你的双手，面粉和天空的女儿。

你像极了最绵长的吻，

其恒久的震颤持续滋养你，

而其炭火的力道，其激昂旗帜的力道，

在你的领土内搏动，不停震颤攀升，

你的头随而消瘦成发，

它斗士的形象，它干了的圈环，

突然崩塌成一丝丝的线，

仿佛剑的锋刃或烟的余绪。

(陈黎 张芬龄 译)

绑架安东尼奥的女人 /纪廉

我要一口享用你,
像饮下朗姆一盅;
我要把你放入那杯
颂乐之中,
黑妞,你热情似火,
将我歌曲的腰身扭动。

扯下你的泡沫披肩
在伦巴舞步中合欢;
如果安东尼奥不乐意
让他一边去:
安东尼奥的女人必须
在这里跳舞!

尽情释放吧,加夫列拉。
咬一口
青涩的果壳,
但不要熄灭蜡烛;
闩住

洁白的雌鸟,
成双成对地来吧,
邦戈鼓
已经灸热……

黑妞,你留下别走,
别去市场也别往家溜;
就在这儿肆意地扭
你的汗水如甘蔗蜜露;
啪嗒嗒,啪嗒,啪嗒嗒,
啪嗒嗒,啪嗒嗒,啪嗒,
啪嗒,啪嗒嗒,啪嗒嗒,
嘭!

你双眸的种子
会结出浓郁的果实;
如果安东尼奥稍后到来
让他别在狂欢中发问
你怎么在这儿……
黑妞,黑妹,黑美人,
壮似牛的男人也无法动弹,
因为无论他有多强悍
都会跟上你的舞步;

就连安东尼奥,如果他来,

都会跟上你的舞步;

那些不乐意的人,

都会跟上你的舞步……

啪嗒嗒,啪嗒,啪嗒嗒,

啪嗒嗒,啪嗒嗒,嘭;

黑妞,你热情似火,

将我歌曲的腰身扭动!

译注:这首诗的灵感来自古巴二十世纪上半叶流行的颂乐《安东尼奥的女人》(La mujer de Antonio),由马塔莫罗斯三重唱(Trío Matamoros)演唱,歌曲反复吟唱"她迈着这样的步伐"(camina así)来描述安东尼奥的女人在市场采购时走路的姿态。邦戈鼓(bongó)是一种源自加勒比地区的乐器,由一大一小两个相连的鼓组成,常用于颂乐的演奏。

(袁婧 译)

给我的哥哥米盖 /巴列霍
——悼念他

哥哥,今天我坐在门边的板凳上,
在这里,我们好想念你。
我记得我们常在这时候玩耍,妈妈
总抚着我们说:"不过,孩子们……"

此刻,我把自己藏起来,
一如以往,在这些黄昏的
时刻,希望你找不到我。
穿过客厅,玄关,走廊。
然后你藏起来,而我找不到你。
哥哥,我记得那游戏玩得让我们
都哭了。

米盖,在一个八月的晚上
灯光刚亮,你藏起来了;
但你是悲伤,而不是高高兴兴地跑开。
而属于那些逝去的黄昏的你的
孪生的心,因为找不到你而不耐烦了。而现在
阴影掉落进灵魂。

啊哥哥，不要让大家等得太久，

快出来啊，好吗？妈妈说不定在担心了。

(陈黎　张芬龄　译)

我双腿的仪式 /聂鲁达

我久久凝视我那双长腿,
以无穷又好奇的温柔,以我惯常的热情,
仿佛那是绝美女子的双腿
深陷于我胸膛的深渊:
而老实说,当时间,当时间经过
大地之上,屋顶之上,经过我不洁的脑袋之上,
当它经过,时间经过,夜里我在床铺上感受不到有女子
   在呼吸,裸睡于我身旁,
随后诡异、暗黑之物取代了她的缺席,
放荡、忧郁的思绪
在我卧室播下诸多沉重的可能,
因此,我如是注视我的双腿,仿佛它们隶属另一个身体,
却又牢固而温柔地紧贴着我的心房。

宛如植物的茎干或阴柔、可爱之物,
它们自膝部向上延伸,圆滚浑厚,
以骚动但密实的生存材质:
宛如女神野蛮壮硕的臂膀,
宛如怪异地装扮成人类的树木,

宛如焦渴又宁静的致命的巨唇,
它们在那儿——我身体的最棒部位:
全然物质的部位,没有感官或气管
或肠道或淋巴结这类复杂的内容:
只是我自身纯粹、甜美而厚实的部位,
只是形式和体积的存在,
却以完整的方式守护着生命。

现今人们熙熙攘攘穿行世间
几乎不记得自己拥有身体且生命就在其中,
这世界存有恐惧,对为身体定名的字眼存有恐惧,
却善意地为衣服美言,
会谈论裤子,谈论西装,
谈论女性内衣(谈论"蕾黛丝"长袜和袜带),
宛如街上全是空荡荡、轻飘飘的衣物和服装,
而整个世界被一座阴暗又淫秽的衣帽间所占据。

服装有其存在方式:颜色,样式,设计,
在我们的神话里久占有一席之地,非同小可,
世上有太多家具,有太多房间,
而我的身体颓丧地寄居于如此多东西之间与之下,
深感被奴役、被上了枷锁。

嗯，我的膝盖，宛如结，
私有的，机能的，一目了然，
利落地把我的腿分成两截：
的确，两个不同世界、两种不同性别间的
差异也不及我双腿上下两截间的差异。

由膝盖到脚，一个坚硬的形体
显现——矿物般，冷静实用——
是骨头与坚毅构成的创造物，
脚踝的意图昭然，
精确性与必然性是归根结底的配备。

不性感，短而硬，且阳刚，
我的双腿就在那儿，配有
团团肌肉如不同动物互补，
也具有生命，一个坚实、微妙、敏锐的生命，
不颤不抖地坚守着，伺机而动。

在我怕痒、
坚硬如太阳、绽放如花朵的脚——
空间的灰色战争中
不屈不挠、辉煌的士兵——
一切将告终，生命归根结底将终结于我的双脚，

异国与敌意之事物自那儿开启：
世界的诸般名称，边疆与远方，
我的心容不下的名词和形容词
以顽强、冷静的坚定意志在那里诞生。

始终如此，
加工品，袜子，鞋子，
或者单单无穷无尽的空气，
将我的脚与大地隔离开，
凸显我存在之疏离与孤寂，
某样顽强介入我生命与大地间的东西，
某样公然而无法克服的敌意。

（陈黎　张芬龄　译）

山瑟玛亚 /纪廉
——杀蛇歌

玛涌贝——澎贝——玛涌贝!
玛涌贝——澎贝——玛涌贝!
玛涌贝——澎贝——玛涌贝!

蛇有玻璃眼;
蛇来了,缠在一根棍子上;
它有一双玻璃眼,在棍子上;
它有一双玻璃眼。

蛇没有脚能前行;
蛇藏在草丛中;
它藏在草丛中往前行,
没有脚能前行。

玛涌贝——澎贝——玛涌贝!
玛涌贝——澎贝——玛涌贝!
玛涌贝——澎贝——玛涌贝!

用斧头砍它,它一命归西;

来砍它吧!
不要用脚踢,它会咬你;
不要用脚踢,它会溜走。

山瑟玛亚,蛇,
山瑟玛亚。
山瑟玛亚,它有眼睛,
山瑟玛亚。
山瑟玛亚,它有舌头,
山瑟玛亚。
山瑟玛亚,它有嘴巴,
山瑟玛亚。

死蛇无法吃;
死蛇无法发出咝咝声;
无法前行,
无法疾行!
死蛇无法看见东西;
死蛇无法喝;
无法呼吸,
无法咬!

玛涌贝——澎贝——玛涌贝!

山瑟玛亚,蛇……

玛涌贝——澎贝——玛涌贝!

山瑟玛亚,动弹不得……

玛涌贝——澎贝——玛涌贝!

山瑟玛亚,蛇……

玛涌贝——澎贝——玛涌贝!

山瑟玛亚,它一命归西!

译注:此诗西班牙语原文标题"Sensemayá",选自纪廉1934年出版的诗集《西印度公司》,是一首"仪式歌",描述古巴黑人杀蛇祈神赐福的祭仪。用了许多拟声词。

(陈黎 张芬龄 译)

判决 /巴列霍

我出生的那一天
上帝正好生病

每个人都知道我活着,
知道我是坏蛋;而他们不知道
那年一月里的十二月。
因为我出生的那一天
上帝正好生病。

在我形而上的空中
有一个洞
无人能察觉:
以火光之花说话的
寂静的修道院。

我出生的那一天
上帝正好生病。

听着,兄弟,听着……

就这样。但不要叫我离去
而不带着那些十二月。
不丢掉那些一月。
因为我出生的那一天
上帝正好生病。

每个人都知道我活着，
知道我不停嚼……而他们不知道
为什么在我的诗里灵柩
阴暗的不悦嘎吱作响，
自沙漠中爱提问的
斯芬克斯身上展开的
焦躁的风。

每个人都知道……而他们不知道
光患了痨病
而阴影痴肥……
并且他们不知道神秘会合成……
不知道是那悦耳而
悲伤的驼峰，自远处向我们揭示
从地界到**地界**的子午线的脚步。

我出生的那一天

上帝病得

很厉害。

　　　　　　　　（陈黎　张芬龄　译）

带着悲叹的颂歌 / 聂鲁达

噢玫瑰花间的女孩,噢鸽子的压力,
噢鱼群与玫瑰丛的要塞,
你的灵魂如瓶子,装满渴望之盐,
而你的肌肤是一座长满葡萄的钟。

遗憾我没什么可以给你,除了指甲,
或睫毛,或已融化的钢琴,
或从我心田迸出的梦境,
黑衣骑士策马奔驰般尘土飞扬的梦境,
充满速度与不幸的梦境。

我只能用吻和罂粟花来爱你,
用被雨水打湿的花冠,
一边望着灰马与黄狗。
我只能用我背后的浪花来爱你,
在硫黄慵懒的冲击和沉思的水域间,
我逆游而上,经过漂流于河中的墓园,
经过被坟头悲哀的灰泥喂养的湿牧草,
我穿游过淹没于水中的心

以及未安葬之孩童的苍白名册。

在我废弃的热情与忧伤的吻里
有许多死亡,许多葬礼,
水落在我的头上,
当我头发渐长,
时间般的水,去锁链而出的黑水,
伴着夜之声,伴着雨中
鸟鸣,伴着为保护我的骨头
而弄湿羽翼的无尽阴影:
在我穿衣时,在我
无止尽地对镜、对窗玻璃自盼时,
我听到有人唤我,以阵阵啜泣,
以一种被时间腐化的哀伤之音。

你立于大地上,满是
牙齿和闪电。
你散播吻,杀死蚂蚁。
你哭泣,为健康,为洋葱,为蜜蜂,
为燃烧的字母表。
你像一把蓝中带绿的剑,
因我的一触,蜿蜒如河流。

请来我披白衣的心里,带着一束
染血的玫瑰和灰烬制成的几个高脚杯,
带着一颗苹果和一匹马,
因为那儿有一个阴暗的房间,一座残破的烛台,
几张等候着冬天的变形的椅子,
以及一只死鸽,被编了号码。

(陈黎 张芬龄 译)

祖父 /纪廉

这个天使般的女人有双北方眼瞳，
她悉心听从欧洲血脉的律动，
从未发觉在那节奏的深处
黑人坚硬的低音鼓面发出响声隆隆。

在她尖鼻子的轮廓之下，嘴角，
以细致的笔触，勾画出简洁线条，
她颤动且裸露的肌肤光彩闪耀，
仿佛未有乌鸦涉足的白雪般寂寥。

啊，我的姑娘！你瞧这些神秘的血管；
请在你体内流淌的活水中划行，
看着漂流而过的百合、睡莲、荷花、玫瑰；

你将兴奋地看到，在清爽的河岸
是逃走的祖父的温柔黑影，
他在你的金发上留下了永恒的涟漪。

（袁婧 译）

无法遗忘（奏鸣曲） /聂鲁达

如果你问我上哪儿去了，
我必得说"事情发生了"。
我必得提及路石模糊的地面
以及始终自我毁灭的河流：
我只知道鸟儿丢失的事物，
被抛在脑后的大海，以及我姊姊的哭泣。
为什么有那么多的地区，为什么一天
紧接着另一天？为什么漆黑的夜晚
在口中堆积？为什么有人死去？
如果你问我打哪儿来，我必得和破碎的事物交谈，
和苦涩的器皿，
和腐烂的巨兽，
以及我受创的心。

那些跨过我思绪的不是记忆，
也不是在我们遗忘中熟睡的黄鸽，
而是带泪的脸孔，
探入喉头的手指
以及自树叶中掉落的：

被我们忧伤的血液滋养的岁月——
那逝去的岁月它的黑暗。

这里有紫罗兰,燕子,
每样令我们愉悦、出现在
甜蜜精美的卡片上的事物——
时间和甘美漫步其间。

但让我们不要再去探索齿后的一切,
不要再去啃啮寂静堆筑起来的外壳,
因为我不知道该如何回答:
有那么多的死者,
有那么多被红日割裂的堤防,
有那么多碰撞船身的头颅,
有那么多将吻围封住的手,
以及那么多我想遗忘的事物。

(陈黎 张芬龄 译)

两个祖父之歌 /纪廉

只有我能看见的影子,
两个祖父守护着我。

以骨为刺的矛枪,
兽皮与木头制成的鼓:
这是我的黑祖父。
围绕宽颈的褶皱领口,
灰色的战士盔甲:
这是我的白祖父。

赤足,岩石似的躯干
属于我的黑祖父;
南极的玻璃似的眼珠
属于我的白祖父!

非洲有潮湿的雨林
和粗重沉闷的铜锣……
——我要死了!
(我的黑祖父说。)

鳄鱼的黑色水域，

椰子的绿色晨曦……

——我累了！

（我的白祖父说。）

啊！苦涩的风吹着帆，

满溢黄金的大帆船……

——我要死了！

（我的黑祖父说。）

啊！伸着纯真脖颈的海岸

被玻璃念珠蒙骗……！

——我累了！

（我的白祖父说。）

啊！敲铸而成的纯净太阳，

囚禁于热带的圆环；

啊！圆润无瑕的月亮

悬在猴子的梦乡！

那么多的船，那么多的船！

那么多黑人，那么多黑人！

甘蔗的光芒多么耀眼！

黑奴贩子的鞭子多么响亮！

哀泣与鲜血的石头，

裂开的血管和眼睛，

空白的破晓,
甘蔗园的黄昏,
一声吼叫,粗暴的吼叫,
扯碎了寂静。
那么多的船,那么多的船!
那么多黑人!

只有我能看见的影子,
两个祖父守护着我。

费德里科先生对我大喊
法昆多老爹默不作声;
两个祖父在夜晚做梦,
向前走着,走着。
在我的身上融合。

　　——费德里科!
法昆多!两人相拥。
两人叹气。两人
抬起强壮的头;
两人块头相当,
站在星辰之下;
两人块头相当,

黑色的热望与白色的热望,

两人块头相当,

喊着,梦着,哭着,唱着。

梦着,哭着,唱着。

哭着,唱着。

唱着!

译注:纪廉为两位"祖父"取名费德里科和法昆多,用于指代西班牙和美洲给予"混血"古巴的文化遗产,其中费德里科可能来自西班牙诗人费德里科·加西亚·洛尔迦(Federico García Lorca, 1898—1936),而法昆多可能来自阿根廷作家、总统萨米恩托(Domingo Faustino Sarmiento, 1811—1888)的《法昆多:文明与野蛮》(Facundo: Civilización y barbarie, 1845),这部作品通过剖析军事寡头法昆多·基罗加(Juan Facundo Quiroga)的生平,探讨阿根廷独裁政治和内战频仍的根源,作者在前言中解释:"法昆多是'野蛮'的象征"。

(袁婧 译)

11 我遇到一个女孩 / 巴列霍

我遇到一个女孩
在街上,她拥抱了我。
未知的 X,质言之,任何遇过她或会遇到她的人,
都不会记得她。

这女孩是我的表姐妹。今天,碰触到
她的腰时,我的双手进入了她的年纪
如同进入两座粉刷粗劣的坟墓;
而她带着这同样的荒凉感离去,
　　　　　　阴暗天光下的三角洲,
　　　　　　两者之间的三位一组。

　　　　"我结婚了",
她对我说。不管小时候我们在已逝的
姑妈屋子里做了什么。
　　　　　她结婚了。
　　　　　她结婚了。

迟暮之年岁,

我们多么真切地渴望

假扮牛只,扮演套在一起的一对牲口,

但只是假戏,无邪天真,一如往常。

(陈黎 张芬龄 译)

我述说一些事情 /聂鲁达

你们将会问,那些紫丁香都到哪里去了?
那些开着罂粟花的形而上学?
那些不断锤打你的语言
且给它们洞穴
与鸟的雨呢?

我要告诉你们发生在我身上的一切!

我住在马德里的
一个郊区,有铃声
有钟,有树。

在那儿你们可看见
西班牙瘦削的面孔
仿佛一汪皮革的海洋。
      我的房子被唤作
花之屋,因为它到处开着
天竺葵:那真是一间
漂亮的房子,

有着狗与孩童。

    你记得吗,拉兀尔?

你呢,拉斐尔?

    在九泉之下的费德里科啊,

你可记得,

你可记得在我房子的阳台上

六月的阳光把花朵溺毙在你的嘴里?

      兄弟啊,兄弟!

到处是

热闹的喧嚣声,商品的盐味,

隆起的跳动的面包堆,

在我们阿瓜列斯区的市场,它的铜像

是一座干涸的墨水池,在回旋的黑丝鳌中:

橄榄油流进长柄匙里,

脚与手

深沉的脉动涌向每一条街,

公尺,公升,敏锐的

生命度量衡,

    堆积如山的鱼,

映着冷冽阳光的屋顶的图织,在其上

风信鸡摇摇晃晃,

疯狂精致的马铃薯的象牙,

一波一波的西红柿翻滚入海。

而有一天早晨，这一切都烧起来了，
有一天早晨，篝火
自地底迸出
吞噬着人民：
从那时起就是火，
从那时起就是枪弹，
啊，从那时起就是血，
带着飞机与摩尔人的盗匪，
带着戒指与女伯爵的盗匪，
带着念念有词的黑衣修士的盗匪，
他们穿梭过空中杀害儿童，
街道上儿童们的血单单纯纯地
流着，正像儿童的血！

连胡狼自己都鄙视的胡狼，
连干瘪的蓟都咬噬、唾弃的石头，
连毒蛇都憎恶的毒蛇！

就在你们的面前，我看到全西班牙的
血沸腾如潮水，
孤注一掷地要把你们溺死在
荣耀与刀叉的浪里！

卖国的

将军们：

注视着我的死屋，

注视着破裂的西班牙，

从每一间房子进出的是金属

而不是花，

从每一个西班牙的凹口

西班牙钻出来了，

而从每一个死去的孩童生出有眼睛的枪，

而从每一样罪恶生出子弹，

那子弹终有一天将找出你们的

心的靶眼！

你们将会问：你的诗为什么不告诉我们

梦或者树叶，不告诉我们

你家乡伟大的火山？

请来看街上的血吧！

请来看

街上的血，

请来看街上的

血！

译注：诗中的拉兀尔为阿根廷诗人杜农（Raúl González Tuñón）；拉斐尔为诗人阿尔维蒂（Rafael Alberti）；费德里科为诗人洛尔迦（Federico García Lorca）。皆为聂鲁达友人。

（陈黎　张芬龄　译）

哀歌第四 / 纪廉

费德里科

我敲一首谣曲的门。
——费德里科没来这里吗?
一只鹦鹉回答我:
——他出去了。

我敲一扇玻璃门。
——费德里科没来这里吗?
一只手伸出来示意我:
——他在河上。

我敲一个吉卜赛人的门。
——费德里科没来这里吗?
没人回应,没人出声……
——费德里科!费德里科!

房间里阴暗、空荡;
墙上长着黑苔藓;

井口没有提水桶,
花园里有绿蜥蜴。

在松软的土地上
蠕动的蜗牛,
七月红色的风
吹过摇摇欲坠的废墟。

费德里科!
吉卜赛人死在何处?
他的眼睛在何处黯淡?
他不在这里,又会在哪里!

(歌)

他在周日离开,夜幕已垂,
他在周日离开,再也没回。
他手执百合,
眼神狂热;
百合化作鲜血,
血尽而命折。

(加西亚·洛尔迦的时光)

费德里科梦见晚香玉和蜡油，
梦见橄榄和康乃馨和清冷的月。
费德里科、格拉纳达、春日悠游。

他在锋利的孤寂中酣梦，
在朦胧的柠檬树之下，
变幻为路边流淌的乐声。

夜色已深，星辰熠熠，
夜拖着透明的裙裾
在马路车道巡弋。

"费德里科！"突然的呼喊，
吉卜赛人缓缓经过，
双手被缚，无法动弹。

他们枯竭的血管发出呐喊！
他们冻僵的身躯如火般灼热！
他们温柔的足迹，他们的足迹！

脚步青涩，夜幕初临；
在僵硬的无骨的路上

感官赤着脚前进。

费德里科起身,沐浴着光彩。
费德里科、格拉纳达、春日悠游。
携着月亮和康乃馨和晚香玉和蜡油,
他随他们步入芬芳山林。

译注:《哀歌第四》选自诗集《西班牙:四首哀歌和一首希望的诗》(*España: poema en cuatro angustias y una esperanza*),收入纪廉为西班牙内战而作的五首作品。这首诗是其中的第四首,抒发了纪廉对死于内战的西班牙诗人费德里科·加西亚·洛尔迦的哀悼。

(袁婧 译)

15 在我们同睡过许多夜晚的 / 巴列霍

在我们同睡过许多夜晚的
那个角落,我现在坐下来等着
再走。死去的恋人们的床
被拿开,或者另发生了什么事情。

以往为别的事情你会早早来到
而现在未见你出现。就在这个角落
有一夜我依在你身边读书,
在你温柔的乳间,
读一篇都德的小说。这是我们钟爱的
角落。请不要记错。

我开始回忆那些失去的
夏日时光,你的来临,你的离去,
短暂,满足,苍白地穿过那些房间。

在这个潮湿的夜里,
如今离我们两人都远远的,我猛然跃起……
那是两扇开阖的门,

两扇在风中来来去去的门
阴影　　　对　　　阴影。

　　　　　　　　　（陈黎　张芬龄　译）

给玻利瓦尔的歌 /聂鲁达

我们的父,你在地上,在水里,
在广邈且沉默的大气之中,
一切以你为名,父啊,在我们的居所:
甘蔗因你的名提升了甜度,
玻利瓦尔锡有了玻利瓦尔光泽,
玻利瓦尔鸟飞越玻利瓦尔火山
马铃薯,硝石,特殊的影子,
水流,磷石的矿脉,
我们的一切来自你熄灭的生命,
你的遗产是河川、平原、钟塔,
你的遗产是我们每日的面包,父啊。

你那英勇队长的瘦小尸骨
已凝为无穷扩张的金属形象,
你的手指突然破雪而出,
南方的渔人眼耳突然一亮,惊觉
你的微笑、你的声音在渔网内颤动。

我们在你心旁竖起的会是什么颜色的玫瑰?

红色的玫瑰才能牢记你的步伐。
是什么样的手才能触摸你的骨灰?
红色的手才能自你的骨灰中生出。
你死去的心的种籽又是什么情状?
你生气蓬勃的心的种籽是红色的。

这是今日你身边众手环绕的理由。
我的手握着另一只手,它又握着另一只,
又再握着另一只,直达这黑暗大陆的深处。
而你不认识的另一只手,啊玻利瓦尔,
也伸过来紧握你的手:
从特鲁埃尔,从马德里,从哈拉马河,从埃布罗河,
从监狱,从大气,从死去的西班牙人,
伸出来这只生自你的手的红色的手。

队长,斗士,只要有口
高呼自由,必有耳倾听,
只要有红色战士痛击褐色额头,
必有自由人的月桂长出,必有
以我们伟大黎明之血染饰的新旗,
玻利瓦尔,队长,你的脸历历在目。
你的剑再一次在弹药和烟雾中降生。
你的旗帜再一次绣满鲜血。

邪恶者再次攻击你的种籽,

人子被钉在另一具十字架上。

但你的身影领我们走向希望,

你红色军队的桂冠和光芒

随你的目光扫视整个美洲的夜晚。

你的眼守望直至海的彼方,

守望受压迫和受伤的民族,

守望被焚毁的黑色城市,

你的声音重生,你的手复活:

你的军队捍卫神圣的旗帜:

自由震醒了血腥之钟,

猛烈的哀声揭开了

被人民的血染红的黎明。

解放者,一个和平的世界在你臂弯诞生。

和平,面包,小麦自你的血液诞生,

从源自你血液的我们年轻之血

将生出和平、面包和小麦,献给我们所创造的世界。

某个漫漫早晨我遇见了玻利瓦尔,

在马德里,第五军团的门口,

父啊,我对他说,是你吗?或不是?你是谁?

望着山中营房,他说:

"我一百年醒一回,在人民觉醒之时。"

译注:玻利瓦尔(Simón Bolívar, 1783—1830)是拉丁美洲独立运动的先驱,委内瑞拉、秘鲁、哥伦比亚、厄瓜多尔、玻利维亚和巴拿马先后受其感召而脱离西班牙殖民统治,成为独立国家。他被称为"南美洲的解放者""委内瑞拉国父",在拉丁美洲以他命名的城市、广场、物品等不计其数。"玻利瓦尔锡"是玻利维亚(此国名亦来自玻利瓦尔之名)锡矿区所产之锡。特鲁埃尔(Teruel),西班牙城市,特鲁埃尔省省会。哈拉马河(Jarama)、埃布罗河(Ebro),皆为西班牙的河流。山中营房(Cuartel de la Montaña),建于十九世纪,位于马德里皮欧王子山(Montaña del Príncipe Pío)的军事建筑,1936年7月西班牙内战爆发时,反政府的叛军占据此地,旋被支持共和政府的武装民兵攻克收复。第五军团(Quinto Regimiento)是支持共和政府的一支精英部队,由志愿者组成,是西班牙内战第一阶段最著名的部队。

(陈黎 张芬龄 译)

我不知道为什么你认为 / 纪廉

我不知道为什么你认为,
兵士,我恨你
既然我们境况相同
我。
你。

你贫穷,我亦然;
你出身低,我也是;
你怎么会认为,
兵士,我恨你?

有时候你竟忘了我是谁
真令我心痛;
看在老天的分上,我是你,
正如你是我。

但不因为这样,
我就对你怨恨;
既然我们境况相同,

我，
你，
我不知道为什么你认为，
兵士，我恨你。

你和我将看到我们自己
在同一条街上相遇，
肩并肩，你和我，
毫无怨恨，
但是你我都知道，
我们要去的地方，你和我……
我不知道为什么你认为，
兵士，我恨你！

（陈黎　张芬龄　译）

18 哦小囚室的四面墙 /巴列霍

哦小囚室的四面墙。
啊四面惨白的墙
丝毫无误地对着同样一个数字。

神经的繁殖地,邪恶的裂口。
你如何在你的四个角落之间
扭拧你每日上链的四肢。

带着无数钥匙的慈爱的监护人啊,
如果你在这儿,如果你能知道
到什么时候这些墙还一直是四面就好了。
我们就会合起来对抗它们,我们两个,
永远要多出两个。而你不会哭泣,
你会吗,我的救星!

哦小囚室的墙。
长的两面最叫我痛苦,
在今夜,仿佛两个死去的母亲
各自牵着孩子的手

穿过溴化的

斜面。

而我孤单地留在这儿,

右手高高地搜寻着

第三只手,来

护养,在我的何处与何时之间,

这无用的成人期。

(陈黎 张芬龄 译)

马祖匹祖高地 /聂鲁达

1

从风到风,像一张虚空的网
我穿过街道与大气,来了又去,
跟着秋天的君临叶子们四处流传的
新币,以及在春天与玉蜀黍间,
装在一只下降的手套,那最伟大的爱——
像被拉长的月亮——所递送给我们的。

(尸体狂暴的气候里灿烂
鲜活的日子:钢转变成
酸的寂静:
夜磨损,直至最后的粉粒:
婚礼之土受袭击的雄蕊。)

在提琴堆里等候我的那人
他碰到了一个像埋在地下的塔一样的世界,
螺线沉陷到有着粗涩
硫磺颜色的众叶之下:
而甚至要更下去,在地质学的黄金里,

像一把藉流星为鞘的刺刀
我沉下我狂暴温柔的手
直逼地物最深最深的生殖器。

在深不可测的潮流里停靠额头，
我潜没如被硫磺的平静所围绕的一滴，
并且，像一个盲人，回归我们
衰竭的人类春天的茉莉。

  2
如果花把珍贵的种籽丢弃给花
而岩石把它的粉衣播撒在一件
瘀伤的钻石与沙的外衣里，
人就把他从海特定的泉源里拾取的
光的花瓣压绉，
并且钻打那在他手中悸动着的金属。
而很快地，带着衣饰与烟，在沉没水中的桌上，
像搞混了的量，灵魂依旧存在：
石英与无眠，大海里
冷潭一般的眼泪：但即使在那个时候——
摧毁它，用纸和仇恨鼓舞它的死亡，
在习性的地毯里闷死它，在敌视的
铁丝的外衣里扯裂它。

不:谁(仿若血红的罂粟)能手无寸铁地护卫
他的血液通过这些走道,天空,
海洋或者公路?愤怒已经把
买卖生命的商人可悲的货品挥霍尽,
而在梅树的顶颠,有一千年
露珠把透明的地图留给了期待的
树枝:啊心,啊在秋天的
洞窟间破碎的额头。

有多少次在冬天城市的街上或者
巴士上或者黄昏的船上或者狂欢夜
更稠密的孤独里,在阴影的声音,
在钟声,在人类喜悦真正的洞穴里,
我渴望能逗留,能寻找那隐藏在
石头或吻的闪电里,我一度触及的永恒且神秘的血脉。

(那在麦中,像一则关于隆起的小乳房的
黄色故事,重复叙说着一个
在肥沃的土壤里无限温柔的号码的,
以及那,永远相同的,在象牙中褪壳的:
以及那在水中半透明的家乡,那从
孤雪直到血波的一口钟。)

我只能抓到一串脸孔或堕落的
面具,仿佛一环环中空的黄金,
仿佛散落的衣裳,那叫可怜的树族恐惧战栗的
凶暴的秋天的女儿。

没有地方来安置我的手,没有地方——
流动像带链的春泉,或者
坚实如煤或水晶的硬块——
能够回应我张开的手的热或冷。
人是什么?在他于店铺里、哨音间日常
谈话的哪一部分,在他金属性运动的哪一环
存在着不可破坏、不可毁灭的,生命?

3

生命如同玉蜀黍脱粒,在储放
挫败经历和不幸事件的无尽的
谷仓,从一到七,到八
而每个人有着的不只是一个死,而是许多的死:
每一天小的死亡,那在郊外烂泥中自我灭绝的
尘、蛆、灯,每一天小的死亡都带着肥胖的翅翼,
短矛一般刺进每一个人,
而人被面包与餐刀所困:

牧人，港口的浪子，黑皮肤的农耕队长，
或者闹区里的啮齿动物：

他们都精疲力竭地等候死亡，等候每日短暂的死亡：
而他们不祥的苦难每日都是一只
他们必须颤抖地喝着的黑茶杯。

4

好多次强大的死亡诱引着我：
它正像隐形于海波的盐，
而它隐形的气味所散布的
正像一半一半的洼地与高地，
或者风和雪堆所构筑的巨大的殿堂。
我来到铁的边缘，来到窄隘的
空中走道，来到农作物与石头的尸衣，
来到无路可走的星际的真空，
以及令人晕眩的涡状的大道：
但，巨大的海，啊死！你并非一波一波地来到，
而是夜曲般澄亮的急驰，
或者像夜绝对的诗歌。

你从来不曾藏在我们的口袋偷偷地过来干涉，你的
到访终必有着一件猩红的外衣，

一张八方肃静的曙光的地毯，

或者一笔入祀或入土的泪的遗产。

我无法爱那存在于每一生命之内的树，

一旦它微小的秋天在肩上（一千片叶子的死亡），

所有那些假的死与复活——

而不想到大地，不想到深渊：

我期望在最浩阔的生命里游泳，

在最澎湃汹涌的出海口。

而当，逐渐地，人们开始否定我，对我

闭绝他们的门路令我散发活力的手无法

碰触他们受伤的内在，

我乃一街一街，一河一河，

一城一城，一床一床地走着，

我渗杂盐味的面具穿越过沙漠，

而在最后一个受辱的村落，没有灯，没有火，

没有面包，没有石头，没有安静，我

独自流浪，死着自己的死。

5

那村落贫苦的子嗣在饥饿的体内

狼吞虎咽的食物里所延续的不是

你，啊阴暗的死亡，铁羽毛的鸟：

相反的，那是旧绳腐朽了的一根线，
是不曾打斗过的乳房的一粒原子，
或者不曾掉落到额头的粗涩的露水。
是那无法被再生的，没有和平
没有领土的小死亡的碎片：
一块骨头，一阵在自己体内死去的教堂钟声。
我解下碘酒的绷带，把我的手探进
那正摧杀着死亡的不幸的疼痛，
而我什么也没碰到，除了自灵魂的隙缝
溜进来的一阵风。

6

我跟着登上大地的阶梯，
穿过失去的丛林野蛮的纠缠
走向你，马祖匹祖。
巍峨的梯石之城，
那不曾被大地的睡衣遮藏之人
终于拥有的住所。
在你身上，仿佛两条平行的直线，
闪电以及人的摇篮
在荆棘的风中摆荡。

石头之母，兀鹰的泡沫。

人类黎明高危的暗礁。

埋葬于原始沙层的锄头。

这是旧巢,这是新居:
这里玉蜀黍丰实的谷粒高高跃起
又像红雹一样射下来。

这里金黄的纤维自驼马身上剥下,
覆盖爱,坟墓,母亲,
国王,祷词,勇士。

这里入夜之后人脚与鹰爪
同栖于高大血污的
兽穴,并且在清晨
以雷电的步履行走于精纯的雾上,
并且碰触土地与石头
直到它们在夜里,在死亡里认出他们。

我注视着衣服与手,
注视着回声的洞穴里的水迹,
注视着那被借我的眼睛观看

地上的灯笼，借我的手替
灭迹的木头敷油的脸庞，所磨平的
一面墙：因为一切的东西，衣饰，发肤，容器，
语字，酒，面包，
都消失，堕落到泥土里。

而大气涌进，它
橘花的手指抚过所有入眠的事物：
一千年的大气，月月周周的大气，
一千年蔚蓝的风，一千年铁的山脉，
仿佛脚步们温柔的飓风
磨亮着孤独的石头区域。

7

独一深渊最冷暗的部分，溪谷，最深溪谷的
阴影，那正是何以真实
最灼烫的死会来到你
数量的空间，
并且自打孔的岩石，
猩红的飞檐
以及层列的水道，
你像在秋天一般地滚进
单一的死。

今天空虚的风不再哭泣，
不再认识你的泥脚：
它已经忘掉那
当闪电的刀叉乱割
而巨树被雾所吞噬，被狂风砍倒时
滤清天空的你的大水罐。
它扶起一只从高岗遽然跌落到
时间尽头的手。
你们已不再存在，蜘蛛之手，虚弱的
线缕，纠缠的网：
一切都已离散崩溃了：习俗，破碎的
音节，眩眼的光之面具。

只剩下石头与字的永恒：
城仿佛一只杯子被每一只活着，
死着，沉默着的手举起，被如此多的死
所支撑，有着如此多生的一面墙，
石之花瓣的砍击：永生不死的玫瑰，住所：
这冰河殖民地的安第斯山岩脉。

当土色的手变成
真正的泥土，而当微小的眼睑阖上，
满载粗糙的墙，满载着城堡：

而当人类乱陈于他们的地狱,
旗一般开展的精确仍旧存在;
人类黎明的高地:
包含寂静的最高的容器:
继无数多生命存在的石头的生命。

8
请随我攀登,亚美利加之爱。

随我亲吻秘密的石块。
乌鲁班巴河银白的激流
使花粉飞入她的金杯。
空虚的藤蔓,
岩石般的植物,坚硬的花环,
高耸于崇山宝盒的静寂之上!

来吧,微小的生命,从大地的
翅翼间,同时——晶莹而冰凉,在颤动的空气中
推开遭袭击的翡翠——
野蛮的水啊,你也从雪来到了。

爱,爱,直到突然的夜;
从宏亮的安第斯山的燧石,

直到黎明的红膝盖,
默想那盲眼的雪之子吧!

哦,水流响亮的威卡马右河,
当你把你线形的雷声打碎成
白色的泡沫,像受伤的雪,
当你峭壁的狂风
歌唱且鞭打,震醒天界,
你把哪一种语言带给一只几乎不曾
自你安第斯山泡沫断根的耳朵?

谁抓住冰冷的闪电
且任它困锁于高处,
在冰结的泪珠间被均分,
在飞刀上颤抖,
锤打着它身经百战的雄蕊,
将它引向其勇士的床榻,
惊愕于自身岩石的结局?

你苦恼的闪光在说些什么?
你秘密反叛的闪电可曾一度
满载着语字旅行?
在你细瘦的动脉水流里,

谁能粉碎冻结的音节，

黑色的语言，金黄的旗帜，

无底的嘴巴，被抑制的叫喊？

谁在四处切取那些

生自泥中为我们守望的花的眼睑？

谁在投掷那些从你瀑布般的

手中坠下的串串的死种籽，

将它们被裂解、变形的夜播撒于

地质学的煤里？

是谁抛弃这些誓约的树枝？

是谁再次埋葬这些告别？

爱，爱，不要碰触界线，

不要崇拜沉没的头颅：

让时间在它破碎的泉源的大厅

完成它的身型，

并且在急流与壁垒间搜集

自峡谷来之大气，

平行的风的薄片，

山脉盲目的沟渠，

露水粗暴的问候，

并且往上升,一朵花接一朵花,穿过厚度,
踏过那从高处落下的蛇。

在这陡峭的地区——石头,森林,
绿色星星之尘,明亮的丛林——
曼吐尔山谷爆开如活湖泊,
或者新的一层寂静。

来到我真正的本体吧,来到我的黎明,
直达加冕的孤独。
死去的王国仍旧活着。

而钟座上,兀鹰血污的阴影
像一艘黑船穿过。

9

星座之鹰,雾的葡萄园。
失去的棱堡,盲目的弯刀。
星缀的腰带,神圣的面包。
急流的阶梯,巨大的眼睑。
三角形的外袍,石之花粉。
花岗岩的灯,石之面包。
矿物般的蛇,石之玫瑰。

入土的船只,石之泉源。

月的马匹,石之亮光。

赤道的象限,石之蒸汽。

绝对的地理,石之书籍。

雕在狂风中的冰山。

湮没的时光的珊瑚。

被手指磨平的堡垒。

被羽毛袭击的屋脊。

镜之串集,风暴之基石。

被藤蔓推翻的王座。

血爪的政权。

在斜坡上被停住的强风。

静止的绿松石的瀑布。

安眠者族长般的钟。

臣服之雪的项圈。

躺卧于自身雕像上的铁。

紧闭而无法进入的风暴。

狮之手脚,嗜血的石头。

遮荫之塔,雪的辩论。

被手指与根茎高举的夜。

雾的窗户,冷酷之鸽。

夜间活动的植物,霹雳的雕像。

实在的山脉,海之屋顶。

迷失之鹰的建筑。

天空的绳索，绝顶之蜜蜂。

滴血的水平面，高筑之星。

矿物的泡沫，石英之月。

安第斯山之蛇，苋菜的额头。

寂静之圆顶，纯净的祖国。

海的新娘，大教堂之树。

盐的枝条，黑翼的樱桃树。

雪的牙齿，冰冷的雷声。

抓伤的月，险恶的石头。

冰冷的头发，大气之行动。

手之火山，阴郁的瀑布。

银之波浪，时间的目的地。

10

石头之内是石头，而人在哪里？

大气之内是大气，而人在哪里？

时间之内是时间，而人在哪里？

你是否也是非完整的人类破裂的

断片，是那经由今日的

街衢，经由足迹，经由死寂的秋的叶子

把灵魂锤打进坟墓里的

空心的鹰的断片？

悲惨的手，脚，悲惨的生命……
那些暗钝的日子——
在你体内，像洒在节庆的
短矛之上的雨，
它们可曾一瓣一瓣地给空虚的嘴
它们暗黑的营养？

      饥饿，人的珊瑚，
饥饿，秘密的植物，伐木者的根，
啊饥饿——你罗列的暗礁可曾
攀登到这些松散的塔上？

我要问你，路上的盐，
给我看看镘子。允许我，建筑术，
用一根小树枝磨灭石头的雄蕊，
允许我爬过一切大气的梯级到达空虚，
刮削生命的要害直到我触及人。

马祖匹祖，你是否把
石头置于石头之内，而破布，在基础里？
把煤置于黄金之内，而在它里面，血液的
红雨滴在颤抖？
把你所埋葬过的奴隶还给我吧！
把穷人的硬面包从这土地上

抖出来,让我看看农奴的
衣服跟窗户。
告诉我他活着的时候怎么个睡法,
告诉我他睡觉是不是带着
刺耳的声音,张大嘴巴,像因疲倦而
凹进墙壁的一个黑色的破洞。
墙壁,墙壁!如果每一层石头
压在他的睡眠上,并且如果他跌倒在下面,
就像在月亮下面,做着那个梦!
古老的亚美利加,湮没的新娘,
你的手指同时——
当离开丛林往诸神空澄的高处,
在光与虔诚的婚庆旗帜下,
伴随着鼓与长矛的雷声,
同时,你的手指同时——
它们将抽象的玫瑰与冰冷的线条,将
新种的玉米血红的乳房转变成
闪亮实体的经纬,转变成坚硬的洞穴——
同时,同时,被埋藏的亚美利加啊,你是否在最深处,
在你苦涩的肠里,学鹰一样把饥饿藏着?

11

穿过混乱的辉煌,

穿过石头的夜,让我把手探进,
并且让被遗忘的古老的心像一只被囚禁了
一千年的鸟在我的体内跳动!
今天,让我忘掉这欢喜,它比海还宽,
因为人比海及其所有的岛屿还宽,
而我们必须掉进他里面,如同掉进井泉,
带着一枝秘密的水与玄奥的真理升上来。
让我忘掉,广阔的石头,强有力的比例,
超绝的尺寸,蜂巢状的基石,
并且在今天让我把手从三角尺滑下盐血
与粗麻布的斜边。
当,像一具红翼鞘做的蹄铁,愤怒的兀鹰
在飞翔的秩序里撞击我的额头,
而那些食肉类羽毛的飓风把幽暗的灰尘
从斜梯上卷起:我看不见那迅捷的猛禽,
看不见它利爪盲目的刈弧。
我看到古老的生命,奴仆,田野里的睡眠者,
我看到一个身体,一千个身体,一个男人,一千个女人,
在黑色的强风中,被雨与夜染黑,
被雕像沉重的石块压着:
劈石者璜安,委拉哥拉的儿子,
食冷者璜安,绿色星星的儿子,
赤足者璜安,土耳其玉的孙子,

与我一同复活吧,兄弟。

12

与我一同复活吧,兄弟。

把你的手从四处播散的哀愁的
深处伸出来给我吧。
你不会从岩石的底部回来。
你不会从地底的时间回来。
你变硬了的声音不会回来。
你戳了孔的眼睛不会回来。
自泥土的最内部注视我,
耕者,织者,沉默的牧人:
守护神野骆马的驯服者:
被挑衅的绞刑台的石匠:
安第斯山泪水的持瓶者:
手指被捣碎的珠宝商:
在谷粒间颤抖的农夫:
溅洒你的黏土的陶工:
把你们古老,埋在地下的哀愁
倒进这新生命的杯子吧。
给我看你们的血跟你们的犁沟。
告诉我:我在这儿受罚,

因为一颗宝石它不发光,因为土地
不能及时生出石头或谷粒:
给我看你们摔上去的石头
以及他们用来绞死你们的木头。
点燃那些古老的燧石,
那些古老的灯,那些跨过千百个世纪
黏到伤口的鞭子,
以及沾着血腥光彩的斧头。
我来借你们死去的嘴巴说话。

让四处分散的沉寂的嘴唇
自泥土的每一部分集合起来,
并且从无底的深渊终夜不断地对我说话
仿佛我像锚一样紧系着你。
告诉我每一样事物,一链接一链,
一环接一环,一级接一级;
磨利你积藏的刀叉,
将它们刺进我的胸膛,刺进我的手,
仿佛一河黄色的光芒,
一河被埋葬的老虎,
并且让我哭泣,每一小时,每一天,每一年,
每一盲眼的时代,星星的世纪。

给我寂静,水,希望。

给我挣扎,铁,火山。

让尸体像磁铁一样黏住我。

来到我的血脉和我的嘴。

用我的声音、我的血说话。

译注:《马祖匹祖高地》是聂鲁达长篇巨构《一般之歌》中的第二章。《一般之歌》是聂鲁达在其"诗歌民众化"的信念下所完成的一部庞大的现代史诗。全诗共分十五章,内容涵盖了整个美洲:美洲草木鸟兽志,古老文化的探索,历史上的征服者、压迫者和民众斗士,美洲地理志,智利的工人和农民,对美国林肯精神的呼唤,诗人血缘的证实;全诗在对生命及信仰的肯定声中结束。尽管《一般之歌》是针对一般听众而写(聂鲁达喜欢在公会、政党集会等场合为一般民众朗诵他的诗),但这并不表示这些诗作是简单浅显的,聂鲁达仍是相当用心地经营诗的结构与技巧,以《马祖匹祖高地》此章为例,全章共分十二个部分,具有一个复杂而严谨的结构。诗人以访古印加废墟马祖匹祖高地(位于今日秘鲁境内)的真实经验为经,以浸淫于古文明历史意识之探索为纬,勾勒出全诗的轮廓和主题。

一开始,诗人首先陈述个体在文明城市中的孤离和不安:

> 从风到风,像一张虚空的网
> 我穿过街道与大气,来了又去,
> 跟着秋天的君临叶子们四处流传的
> 新币……

一再出现的秋的意象("啊在秋天的洞窟间破碎的额头""一千片叶子的死亡")衬出了挫败与荒芜之感,也表达出"衰竭的人类春天"的气氛,使得全诗前五部分形成一种"下坡"的姿态,一直下沉到个体认知了生命的空虚和缺憾("生命如同玉蜀黍脱粒,在储放/挫败经历和不幸事件的无尽的/谷仓,从一到七,到八……")。想在人类身上找寻不灭的因子的企图只是更将诗人拉近死亡:"我独自流浪,死着自己的死。"时间也就在这张知觉"虚空的网"缝中流失,并且将诗人从失根的现代世界载往过去的历史。从第六部分起,全诗"上坡"的结构开始展开,他攀登上"人类黎明的高地",先前枯萎、衰败的秋的意象也被重复出现的珊瑚礁、坚硬的石块所取代:那赋予高地上的碑石以生命的诸种死亡("继无数多生命存在的石头的生命")萦绕着他。在第九部分,诗人进出了由七十二个名词词组所堆筑而成的连祷文:

> 三角形的外袍,石之花粉。
> 花岗岩的灯,石之面包。
> 矿物般的蛇,石之玫瑰。
> 入土的船只,石之泉源。
> 月的马匹,石之亮光。
> 赤道的象限,石之蒸汽。
> 绝对的地理,石之书籍……

这些石块，周遭的空气和它们所目睹的历史变迁，似乎都在否定人类的存在（"石头之内是石头，而人在哪里？／大气之内是大气，而人在哪里？／时间之内是时间，而人在哪里？"）而使诗人想到那些建筑马祖匹祖高地的受挫的奴隶以及他们在建造过程中所受的磨难，他于是问："马祖匹祖，你是否把／石头置于石头之内，而破布，在基础里？"至此，本诗的两个母题——人类的孤寂以及被遗忘的诸多建筑高地的生命——乃交融为一。在诗末（第十二部分），诗人体认出他的任务即是要赋予这些死去、被遗忘的无名奴工以新的生命，恢复他们在历史上的地位；他借一连串的呼唤把全诗带进全人类认同一体的境界：

给我寂静，水，希望。

给我挣扎，铁，火山。

让尸体像磁铁一样黏住我。

来到我的血脉和我的嘴。

用我的声音、我的血说话。

在《马祖匹祖高地》这首诗里，聂鲁达企图透过历史与自然双重的媒介来解答人类的命运。他以见证者的姿态出现（"我看到古老的生命，奴仆，田野里的睡眠者，／我看到一个身体，一千个身体，一个男人，一千个女人"），藉着诗的语言壮丽地把自己所见、所闻、所体认的经验和真理传递给我们。此处我们将聂鲁达此诗完整译出,切·格瓦拉在他的《绿色笔记本》里抄录了此诗第八、第九两部分。第八部分提到的威卡马右河(Wilkamayu),在马祖匹祖地区印加人说的克丘亚语(Quechua)中,意为"圣河"。

(陈黎 张芬龄 译)

吉他 / 纪廉

仰卧在晨曦之下,
坚实的吉他等待:
木头发出声响
绝望沉哀。

她的腰身鼎沸,
是人民在其中叹息,
她孕育着颂乐,绷紧
硬实的身肌。

在月沉之际,
吉他独自燃烧;
不再受缚于冗赘的裙摆
自由地燃烧。

她离开了车里的醉汉,
离开了昏暗的舞厅,
那里夜夜堆叠的寒冷
让她险些丧命。

她扬起精巧的头颅,
属于世界也属于古巴,
没有鸦片或可卡因,
也没有大麻。

来吧老吉他,
再来受受折磨吧,
那朋友已守候多时,
不会放过她!

愿她永远高昂,不被击垮,
带着她的笑容和哭泣,
把石棉的指甲
扎进生命里。

拿起她吧,吉他手,
拭去她唇上的烈酒,
请你用这把吉他,弹奏
一首完整的颂乐。

关于成熟之爱的,
你的完整的颂乐;

关于无限未来的,
你的完整的颂乐;
关于跨越障壁的,
你的完整的颂乐……

拿起她吧,吉他手,
拭去她唇上的烈酒,
请你用这把吉他,弹奏
一首完整的颂乐。

（袁婧　译）

汗和鞭子 / 纪廉

鞭子,
汗和鞭子。

太阳很早醒来
看见赤足的黑人,
伤痕累累的身体,
裸露在土地上。

鞭子,
汗和鞭子。

风呼啸而过:
——每只手都是黑色的花!
血对他说:来吧!
他对血说:来吧!
他从血泊起身,赤着脚。
甘蔗地,战栗着,
为他开路。

后来,苍穹沉默,
在苍穹之下,奴隶
沾满主人的血。

鞭子,
汗和鞭子,
沾满主人的血;
鞭子,
汗和鞭子,
沾满主人的血;
沾满主人的血。

(袁婧 译)

23 装着我那些饼干的通红的烤箱 / 巴列霍

装着我那些饼干的通红的烤箱
幼儿们无数的纯净的蛋黄,妈妈。

哦,你的四个咽喉,难以置信的
没有被充分哀悼,母亲:你的乞丐们。
两个最小的妹妹,已过世的米盖
以及仍在给
字母表里每个字母拉一条辫子的我。

在楼上的房间,从两堆压舱货里
你在早上、晚上,分给我们
那些美味的时间的圣饼,所以
现在我们已经有过多的
表壳,弯曲变形,因为
停止不动的 24 小时。

妈妈,而现在!现在,在哪个肺泡里,
在哪个毛细管的芽上,可能留有
今天卡在我喉咙里不想滑下去的

某个饼屑。今天，当即便

你纯净的骨头变作面粉

也可能无处揉捏它们

——温柔的爱的糕饼制造者！

即便在那天然的暗处，即便在大臼齿里

——牙龈搏动于默默加工、繁衍的

乳状的酒窝上——啊你屡见不鲜！

在新生儿合拢的手中。

所以地球会在你不发一语的沉默里听到，

他们如何不断向我们每个人收取

你离我们而去的这世界的租金

以及为无止尽的面包所付的费用。

他们要我们为其付费，然而当我们

年幼时，你知道的，

我们不可能从任何人身上

夺得它；是你把它给了我们，

不是吗，妈妈？

（陈黎　张芬龄　译）

柯尔特斯 /聂鲁达

柯尔特斯没有人民,他是冷冽的
闪电,披盔戴甲的冰冷之心。
"丰饶之地,吾王陛下,
庙宇内尽是印第安人亲手
炼造的黄金。"

他一路前进,匕首往下刺入,
锤打低地,腾跃的
芬芳的山脉,
他把他的部队驻扎在
兰花丛与松林冠冕之间,
踏过茉莉花,
直捣特拉斯卡拉的大门。

(我受惊的兄弟啊,不要与
玫瑰色的秃鹰为友:
我的话从青苔发出,从
我们王国的根部。
明天将落下血雨,

泪水将流汇成

云雾、蒸气、河流,

直到你的眼睛融化。)

柯尔特斯收到一只鸽子,

收到一只野鸡,一把

宫廷乐师的西塔拉琴,

但他想要一屋子的黄金,

他想要更进一步,让所有的

东西都坠入贪婪者的宝箱。

国王从阳台上探出身来,说:

"这是我兄弟。"人民

抛击乱石作为答复,

柯尔特斯以背叛的吻

为砺石,磨利匕首。

他回到特拉斯卡拉,风中传来

一阵隐隐的的悲痛声。

译注:柯尔特斯(Hernán Cortés,1485—1547),殖民时代活跃于中南美洲的西班牙征服者之一。他征服阿兹特克帝国,摧毁阿兹特克古文明,并在墨西哥建立西班牙殖民地。他和同时代的西班牙征服者开启了西班牙在美洲殖民的时代。特拉斯卡拉(Tlaxcala),地名,今墨西哥一州。西塔拉琴(cítara),一种类

似古希腊七弦琴或吉他的拨弦乐器。此诗中的国王指阿兹特克王蒙特祖马二世（Moctezuma II, 1466—1520）。他误认西班牙征服者为羽蛇神（中美洲古文明中普遍信奉之神）的化身，因而开城门迎接。西班牙人进城后，大肆搜刮金银财宝，引发阿兹特克人驱逐西班牙人的行动。1520年6月两军对峙时，蒙特祖马二世遭自己的子民以乱石击毙。

（陈黎　张芬龄　译）

颂乐六 /纪廉

我是约鲁巴,我用约鲁巴的
卢库米哭泣。
我是古巴的约鲁巴,
我愿约鲁巴的悲歌蔓延古巴,
愿快活的约鲁巴的悲歌蔓延
从我生发。

我是约鲁巴,
我一路唱啊,
泪水不休不罢,
若我不是约鲁巴,
我便是刚果、曼丁哥、卡拉巴利。
朋友们,请听我的颂乐,开头这样唱哩:

    希望的
    谜语:
    我的便是你的,
    你的便是我的;
    所有的血液

汇作一条河。

木棉木棉顶着羽冠；
父亲父亲有儿子陪伴；
彩龟背着硬壳板。
释放炙热的颂乐曲目，
大伙随歌起舞，
胸脯贴着胸脯，
酒杯碰着酒杯
一杯接一杯烈酒和水！
我是约鲁巴，我是卢库米，
曼丁哥、刚果、卡拉巴利。
朋友们，请听我的颂乐，接着这样唱哩：

我们很久前就在一起，
少年，老者，
黑人和白人，混血成一体；
下令者与听命者，
混血成一体；
圣贝雷尼托与听命者，
混血成一体；
黑人和白人很久前就如此，
混血成一体；

圣母玛利亚与听命者，
混血成一体；
混血成一体，圣母玛利亚，
圣贝雷尼托，混血成一体，
混血成一体，圣贝雷尼托，
圣贝雷尼托，圣母玛利亚，
圣母玛利亚，圣贝雷尼托，
混血成一体！

我是约鲁巴，我是卢库米，
曼丁哥、刚果、卡拉巴利。
朋友们，请听我的颂乐，结尾这样唱：

  混血人请走出来，
  甩掉鞋子，
  叫白人别离开……

从此不再有离别；
看吧别停歇，
听吧别停歇，
喝吧别停歇，
吃吧别停歇，
活着别停歇，

我们的颂乐不会停歇!

译注:约鲁巴(yoruba)是西非主要民族之一,该词可指约鲁巴族人或这一民族使用的语言。卢库米(lucumí)是在古巴使用的约鲁巴语变体,萨泰里阿教(santería)使用的祭礼语言。萨泰里阿教是一种混合天主教信仰和约鲁巴等非洲信仰的宗教体系,盛行于加勒比地区。刚果(congo)、曼丁哥(mandinga)、卡拉巴利(carabalí)均指古巴的黑人族群。圣贝尼托(San Benito)又称巴勒莫的圣贝尼托(San Benito de Palermo),是天主教和路德教派的基督徒信奉的黑种圣人,美洲黑人亲切地称他为圣贝雷尼托(San Berenito)。

(袁婧 译)

哀歌 / 纪廉

风吹浪啸
来了海盗,
恶灵的信使,
用独眼把人瞧
拄着单调的木棍
腿。
风吹浪啸。

这事云朵忘不了
你我别把它忘掉。

风吹浪啸,
带着公牛和茉莉,
面粉和铁器,
黑人,制造
金子;
在流放中哭泣
风吹浪啸。

连云朵都忘不了
你们怎能把它忘掉?

风吹浪啸,
法令写在羊皮纸,
权杖完全倾斜,
鞭子用于惩戒,
总督染上梅毒,
还有死亡,一觉
不醒,
风吹浪啸。

回忆多煎熬
这事云朵忘不掉
风吹浪啸!

（袁婧　译）

记忆之水 /纪廉

何时?
我不知。
记忆之水
我在其中航行。

金子似的混血姑娘走来,
我注视她经过:
一身晶莹长袍,
颈上系着丝带结,
小女孩挺直脊背,
刚刚踩上高跟鞋。

甘蔗
(我对她热烈低吟),
在深渊前颤抖的
甘蔗,
谁会把你推倒?
哪个砍伐工会用砍刀
将你斩断?

哪个甘蔗园会用榨糖机
将你碾碎?

逝者如斯,
不舍昼夜,
我时而往,时而复,
时而复,时而往,
往,复,
复,往……

我一无所知,无人知晓,
未来同样未知,
报纸沉默不语,
我调查无果,
关于那个金子似的混血姑娘,
我曾注视她经过:
一身晶莹长袍,
颈上系着丝带结,
小女孩挺直脊背,
刚刚踩上高跟鞋。

(袁婧 译)

人心果树 /纪廉

在山上,密林之中,
光线隐匿,
在山的密林之中,
人心果树。

啊,人心果树与人心果树,
与人心果树;
啊,人心果树与人心果树。
我家里的梁柱。

在山上,密林之中,
人心果树,
我走路时的拐杖,
在山的密林之中……

啊,人心果树与人心果树,
与人心果树;
啊,人心果树与人心果树。

在山上,密林之中,

光线隐匿,

我的棺材板,

在山的密林之中……

啊,人心果树与人心果树,

与人心果树;

啊,人心果树与人心果树……

与人心果树。

(袁婧 译)

一只长长的绿蜥蜴 /纪廉

在安的列斯的海上
（这儿也叫作加勒比）
被坚硬的浪花拍击
以柔软的泡沫装饰，
在紧逼的烈日之下
在拒斥的风儿之中，
流着热泪不停歌唱
古巴在地图上行驶：
一只长长的绿蜥蜴，
眼瞳仿佛水中宝石。

锋利的甘蔗编织成
她高昂的蔗糖王冠；
加冕并非为了自由，
反倒戴上奴隶之冠：
礼袍外她是位女王，
礼袍内，为人臣子，
悲伤之情无以复加
古巴在地图上行驶：

一只长长的绿蜥蜴,
眼瞳仿佛水中宝石。

在这片大海的边缘,
你此刻正站定戒备,
你瞧,大海的卫兵,
请注意长矛的尖头
请注意海浪的轰鸣
请注意火舌的呐喊
请注意苏醒的蜥蜴
从地图上伸出爪子:
一只长长的绿蜥蜴,
眼瞳仿佛水中宝石。

(袁婧 译)

里约之歌 /纪廉

你可曾听闻里约,
糖面包山、基督像
和那残酷的夏月?
　　　　你可曾听闻?

灯火通明的舞厅
光线暗淡的沙龙,
朝气洋溢的生命,
　　　　你可曾听闻?

岩洞中狂欢盛事,
种马在肆意奔走,
红色尘世大天使,
　　　　你可曾听闻?

那里的海洋田野,
天空被精心锻造,
不沾染一片云朵,
　　　　你可曾听闻?

请听另一个里约:
这个里约热内卢
无房顶而有冰寒,
有饥饿而无钞票。

没有手帕的恸哭,
没有护盾的胸脯,
请听陷阱与飞行,
请听麻绳与绳结。

晚会上的爵士乐
震动浓郁的气息;
我在咖啡馆思考
(边思考,边哭泣)。

而我想起贫民窟。
生活在那里停滞
仿佛不眠的眼睛。
我还想到了黎明。

你可曾听闻里约,
把她的匕首深深

刺进阴暗的胸腔?
　　你可曾听闻?

(袁婧　译)

33 假如今夜下雨 /巴列霍

假如今夜下雨,我将
退离这儿一千年。
也许一百年就好。
我将想象我还在来的路上,仿佛
什么事都没发生。

或者没有母亲,没有爱人,没有必要坚持
弯下身来窥伺坑底,赤手
空拳,
在如同今夜的夜晚,我将梳理
吠陀经纤维,
我最最末端的吠陀经羊毛,恶魔的
丝线,似乎已然
操控了
同一口钟里两个
   不协调的时间的钟锤。

不论我如何编织此生
或想象我尚未出世,

都无法让自己获得解脱。

那不会是尚未到临者,而是
来过又已然离去者,
是来过又已然离去者。

译注:《吠陀经》是古印度婆罗门教典籍。吠陀是梵文"veda"的音译,意为"知识"或"光明"。

(陈黎 张芬龄 译)

哀歌 /聂鲁达

独自一人,在荒山僻野中
我想要像河流一样哭泣,想要
像天色一样暗去,入眠
如远古的矿物之夜。

闪耀的钥匙何以会
落入盗贼之手?起来吧
充满母性的欧艾萝,将你的秘密
安放于今夜漫长的疲惫之上,
且将你的忠告注入我的血脉。
我尚未向你要过尤潘基诸王的太阳。
我自梦中同你说话,走过一地
又一地,呼唤你,秘鲁的
母亲,山脉的子宫。
雪崩般的匕首
如何纷纷刺入你多沙的领地?

我纹风不动在你手中,
感觉金属

在地底沟道不断伸延。
我由你一条条根所构成,
却不自知;大地
并未赐予我你的智慧。
在繁星照耀的大地之下
我见到的唯连绵的夜与夜。
是什么样无意识的蛇般之梦
匍匐前行至那红线?
忧伤的眼睛,阴暗的草木。
你如何遇上这狂风?
在盛怒中,卡帕克
何以不高举他那
以炫目之土打造的皇冠?

让我在楼阁之下,受苦、
沉沦如光彩永失的
死寂之根吧。
在难熬难受的夜里
我将深入地底,直到
抵达黄金之口。

我想要在夜之石中展身。

我想要披荆带棘,抵达那里。

译注:欧艾萝(Oello),又称"玛玛·欧艾萝"(Mama Oello)或"玛玛·奥科萝"(Mama Ocllo),印加王曼科·卡帕克(Manco Cápac)的妹妹和妻子。在印加神话中,卡帕拉是太阳神之子,率领最早期的印加部族,在秘鲁的库斯科建立王国,带领其统治下的印地安人创造了文明的生活。欧艾萝则被视为纺织和生育女神的化身。尤潘基(Yupanqui),有"未来或荣耀祖先"之意,印加国王有四位以此为名。卡帕克,有"精神富有,胸襟博大,造福穷人"等意,印加国王有三位以此为名。

(陈黎 张芬龄 译)

小石城 /纪廉

布鲁斯流着音乐的泪水哭泣
在美好的早晨。
白皮肤的南方挥动
它的鞭子抽打。黑人小孩
穿过教育的步枪
走向可怕的学校。
他们抵达教室,
接受吉姆·克劳的教导,
与林奇的孩子同窗
在每个黑人孩子的
一方课桌上,
有血的墨水,火的铅笔。

这就是南方。鞭子从未停歇。

在那个福伯斯世界,
在那片毒瘤般残酷的福伯斯天空下,
黑人小孩不能
和白人小孩一起上学。

要么乖乖待在家里。

要么（有谁知道）

任人欺凌，挨打丧命。

要么别上街冒险。

要么死于子弹和口舌。

要么别对着路过的白人姑娘吹口哨。

归根结底，低头，yes，

弯腰，yes，

下跪，yes，

在那个自由的世界，yes

那个存在于笨蛋福斯特的机场巡回演说中的自由世界，

与此同时，小白球，

一颗优雅的小白球，

总统的，高尔夫球，仿佛一颗小星球，

在纯净、平整、精致、

翠绿、圣洁、细嫩、柔软的草皮上滚动，yes。

那么，现在，

女士们先生们，小姐们，

还有孩子们，

头发浓密或稀疏的老人们，

印第安人、穆拉托人、黑人、桑博人，

现在请诸位想想看,世界会如何

如果处处是南方,

如果处处是鲜血和鞭子,

如果处处是白人专属的白人学校,

如果处处冷峭渺小如小石城,

如果处处属于美国佬,属于福伯斯……
   请诸位想想看,

只需想象片刻。

译注:小石城(Little Rock)是美国阿肯色州的首府。1957年小石城的黑人学生首次去上中学时,发生了抗议废除种族隔离的种族大骚乱。吉姆·克劳法(Jim Crow Laws)是十九世纪末美国南部各州对黑人实行的种族隔离政策。查尔斯·林奇(Charles Lynch)的名字在美国南北战争期间成为"私刑"的代名词。奥瓦尔·福伯斯(Orval Faubus),曾任美国阿肯色州州长,支持种族隔离政策,在1957年的小石城事件中反对九名黑人就读小石城中央中学。约翰·福斯特·杜勒斯(John Foster Dulles,1888—1959)在小石城事件期间任美国国务卿(1953—1959)。穆拉托人(mulato)是黑人与白人的混血人种,桑博人(zambo)是黑人与印第安人的混血人种。

(袁婧 译)

姓氏 / 纪廉
——家族的哀歌

1

从上学时起
甚至更早……从黎明开始,当小小的我
刚从梦境与哭号中出生,
从那时起,
我有了一个名字。一个暗号
让我能与群星交谈。
你的名字是,你的名字就是……
然后我得到了
这个如你所见写在卡片上的名字,
这个我放在每首诗末尾的名字:
随我穿梭街巷,
陪我走遍各地的
十三个字母。
这是我的名字,你们确定吗?
你们有我全部的记号吗?
你们熟悉我的血脉航道吗?
我的地理布满未被标识的

阴暗山林，

痛苦幽谷。

也许你们已拜访过我的深渊？

我那有着潮湿的大石头的

地下长廊，

坐落在黑色小湖中的群岛

在那里我感到来自古老水域的

一束纯净溪流

从我高处的心灵落下

发出清凉且深沉的巨响

落下之处布满燃烧的树木，

平衡技巧高超的猴子，

能言善辩的鹦鹉和蛇。

我的每寸皮肤（我应该这么说），

我的每寸皮肤都来自那座西班牙

大理石雕像？还有我那令人惊恐的嗓音，

从我咽喉发出的刺耳叫声？我所有的骨头

也来自那里？我的根和我的

根的根以及

被梦境摇曳的幽暗树枝

在我前额绽放的花朵

和让我的表皮变苦的浆液？

你们确定吗？

你们写下这个姓氏,

为它盖上愤怒的印章,

此外再没有其他了吗?

(啊,我早该这么问!)

那好,现在我请问诸位:

你们没看到我眼里的鼓吗?

你们没看到这些以两行干泪

急促敲响的鼓吗?

难道我没有

一位夜晚的祖父吗?

他身上带着鲜明的黑人烙印

(甚至比皮肤更黑),

一块由鞭打造就的鲜明烙印。

难道我没有

一位曼丁哥、刚果、达荷美的祖父吗?

他叫什么名字?啊,快,请告诉我!

安德烈斯?弗朗西斯科?阿马夫莱?

你们如何用刚果语称呼安德烈斯?

你们一直以来如何

以达荷美语称呼弗朗西斯科?

曼丁哥语中阿马夫莱怎么说?

或者不是这样?他们有其他的名字吗?

那么，姓氏！

你们知道我的另一个姓氏吗？那个来自

广袤大地的姓氏，那个

淌血的被缚的姓氏，它横渡大洋

戴着枷锁，戴着枷锁横渡大洋。

啊，你们不记得了！

你们用古老的墨水将它抹去。

你们从一个手无寸铁的可怜黑人身上将它夺走。

你们把它藏了起来，以为

我会因为羞愧抬不起头来。

谢谢！

我感激你们！

翩翩君子们，谢谢了！

感谢！

非常感谢！

真是万分感谢！

但是我不会……你们相信吗？我不会。

我很清楚。

我的声音闪亮，如同刚刚打磨的金属。

请看我的徽章：一棵猴面包树，

一只犀牛和一支长矛。

我也是某个奴隶的孙子、

曾孙、

玄孙。

（应该羞愧的是主人。）

或许我姓耶洛费?

莫非是尼古拉斯·耶洛费?

或是尼古拉斯·巴孔戈?

没准是纪廉·班吉拉?

或是库姆巴?

也许是纪廉·库姆巴?

或是孔格?

可能是纪廉·孔格?

啊，谁知道啊!

谜底葬身海底!

2

我感到无边的黑夜压在

深沉的野兽身上，

压在无辜受罚的灵魂上；

也压在锋利的声音上，

它们向天空掠夺

最坚硬的太阳，

将这些勋章授予战斗的鲜血。

从某个燃烧的、被巨大的

赤道之箭贯穿的国家，

我知道远亲表兄弟即将到来，

我遥远的悲痛在风中迸散；

我知道我血脉的碎片即将到来，

我的遥远的血液，

以坚实的脚踏平受惊的草地；

我知道稚朴的人们即将到来，

我的遥远的密林，

带着满怀的痛苦和燃烧的火红胸膛。

不相识的我们将相认于饥饿，

结核与梅毒，

黑市上买来的汗水，

仍然黏附在皮肤上的

枷锁碎片；

不相识的我们将相认于

做梦的眼睛

甚至是辱骂，仿佛

善用笔墨的四手动物

每日淬向我们的石块。

这样又如何？

（即便这样又如何！）

唉！我那由十三个白人字母

拼出的小小名字？

不是曼丁哥、班图、

约鲁巴、达荷美的

被公证人的墨水

淹没的悲伤祖父的名字。

又如何,纯洁的朋友们?

啊,快,纯洁的朋友们,

快来看我的名字!

我的无尽的名字,

由无尽的名字组成;

我的名字,别人的名字

自由的、我的名字,别人的、你们的名字,

别人的、如空气般自由的名字。

译注:达荷美人(dahomeyano)的故乡达荷美位于非洲西部,1975年改称贝宁人民共和国。班图人(bantú)分布在赤道非洲和南部非洲。

(袁婧 译)

悼埃米特·提尔 /纪廉

在美国,
玫瑰罗盘
指向南方的花瓣是血红色。

密西西比河流过
啊,古老的河流,黑人的兄弟!
切开的血管在水中,
随着密西西比河流过。
他宽阔的胸腔发出叹息
在他野蛮的吉他里,
密西西比河哭着流过
流下悲伤的泪水。

密西西比河流过
当密西西比河流过,注视着
寂静的树林
那里悬挂着已然成熟的喊叫,
当密西西比河流过,
当密西西比河流过,注视着

熊熊燃烧的十字架,

当密西西比河流过,

恐惧的哀号的人们

当密西西比河流过,

黑夜的篝火

以食人的火光映照

白人的舞蹈,

黑夜的篝火

火中有个永远燃烧的黑人,

一个被缚的黑人

烟雾缠绕着被剖开的腹腔,

湿漉漉的内脏,

遭侵犯的性,

在那里,酗酒的南方,

在那里,羞辱和鞭打的南方,

当密西西比河流过。

如今,啊,密西西比河!

啊,古老的河流,黑人的兄弟!

如今一个脆弱的男孩,

你岸边的一朵小花,

还没长成你树木的根须

你森林中的树干

你河床中的石头,
你河水中的鳄鱼:
一个小男孩,
一个死去的、被杀害的、孤独的男孩,
黑人男孩。

一个玩陀螺的男孩,
有他的朋友,他的社区,
有他礼拜日穿的衬衫,
有他的电影票,
有他的课桌和黑板,
有他的墨水瓶,
有他的棒球手套,
有他的拳击赛程表,
有他的林肯肖像,
有他的美国国旗,
黑皮肤的男孩。

一个被杀害的、孤独的黑人男孩,
把一朵爱的玫瑰
抛向了一个路过的白人女孩。

啊,古老的密西西比河,

啊，王！啊，穿着厚重罩袍的河！
在此停下你前进的浪花，
你受海洋牵引的蓝色马车：
请看这具单薄的躯体，
这个年少的天使
肩上还有
尚未愈合的伤口
那里曾有一双翅膀；
请看这张失去轮廓的脸，
被一颗颗石头砸烂，
铅块和石头，
辱骂和石头；
请看被剖开的胸膛，
鲜血早已凝固成块。
来，在这个由悲剧月亮
照亮的夜晚，
黑人漫长的夜晚
闪烁着地下的磷火，
来，在这个被照亮的夜晚，
请你告诉我，密西西比河，
你是否能抱着冷漠的巨人手臂
以盲目之水的眼睛凝视
这份哀伤，这场罪行，

这无法复仇的卑微死亡，

这具巨大的纯洁的尸体：

来，在这个被照亮的夜晚，

你，载着拳头和鸟儿，

梦境和金属，

来，在这个被照亮的夜晚，

啊，古老的河流，黑人的兄弟！

来，在这个被照亮的夜晚，

来，在这个被照亮的夜晚，

请你告诉我，密西西比河……

译注：埃米特·提尔（Emmett Till）是一位 14 岁的黑人男孩，因他在密西西比州与一位 21 岁的已婚白人妇女交谈而被认定成调戏白人妇女，被这位妇女的丈夫和兄弟残忍杀害。

（袁婧　译）

谣曲：杂色的玉米棒上 / 纪廉

杂色的玉米棒上
黑色颗粒要多于
步下格拉玛号的
卡斯特罗一伙人。
波涛向他们注目
迈开激烈的脚步，
脸庞未蓄满胡须，
神态冷峻而严肃，
前额有翩翩彩蝶，
鞋中是淤泥沙土。
死亡她扮作士兵
时刻将他们紧盯，
身上是黄色制服
美制步枪枪声鸣。
一些人受伤倒下
也有人丢了性命，
一伙人所剩无几
略多于双手手指，
带着希望和疲惫

继续向荣光前进。
在苏醒的道路上
有问候声和歌声,
响应者和罂粟花,
灿烂阳光和枪击。
跟随着内心召唤
抢先挺进了山脉;
伴着清脆知更鸟,
伫立在最高山峰,
在他的总司令部,
卡斯特罗这样讲:
"我们从这山攻下,
平原将作步枪海。"

(袁婧 译)

炉中石 / 纪廉

被遗弃的午后在雨中消沉地呜咽。
回忆从空中降落,沿窗口进入。
沉痛破碎的叹息,幻梦燃尽成灰。

你的身体缓缓靠近。
你的双手沿
甘蔗酒的轨道抵达;
你黏滞的糖做的双足被舞步点燃,
你的大腿,痉挛的钳子,
你的嘴,可食用的
物质,你的腰
绽开的糖块。
你黄金的手臂和嗜血的牙齿到来;
你遭背叛的双眼突然闯入;
你摊开肌肤,准备好
开始午睡:
你闻起来像急骤的丛林;你的喉咙
惊叫着"我不知道,只是想象",呜咽着
 "我不知道,只是猜测",抱怨着"我不知道,我猜想,

我以为";
你深沉的喉咙
扭曲着禁忌的词语。

一条誓言之河
沿你的秀发流下,
在你的乳房停留,
最终注入你小腹的蜜塘,
侵犯你如午夜秘密般的坚实肉体。

灼热的炭火和炉中的石块
在这个寂静寒冷的雨天午后。

(袁婧　译)

阿空加瓜山 /纪廉

阿空加瓜山,一头
庄严而冷酷的兽。雪白的
头,坚定的石头眼睛。
与其他同类动物
悠缓地成群漫步于
多砾石的荒野。

夜里,
以柔软的唇摩擦着
月亮冰冷的手。

译注:阿空加瓜山(Aconcagua),南美洲最高峰,在阿根廷与智利交界处附近。

(陈黎 张芬龄 译)

45 潮水涌来时,我脱离了大海 /巴列霍

潮水涌来时,
我脱离了大海。

让我们一再从水中拔腿而出。玩味
那首巨大的歌,那通过
欲望的下唇演述的歌。
噢,不可思议的童贞。
微风吹过,不带盐味。

远远地,我嗅闻木髓的味道,
聆听那深沉的声距测量,寻找
底流的琴键。

而如果我们像这样一头栽进
荒谬之中,
我们将以一无所有的黄金包覆自己,
孵化出那尚未出生的
夜之翼——这费力成为翅膀

但已然不是的

孤儿般白昼之翼的姊妹。

(陈黎 张芬龄 译)

58 在囚室，在不可破的牢固中 /巴列霍

在囚室，在不可破的牢固中，
墙角也挤成一团。

我修整那些压皱的、弯曲的、
破裂的裸女。

我从气喘吁吁的马下来，它怒发出
侮慢、冲天的鼻响；
一只汗冒如沫的脚对三蹄。
我助它继续上路：走吧，牲畜！

领到的总是比我
该发配出去的要少，
在囚室，那些流质的东西。

狱友以前吃从山丘上来的
小麦时，每用我的汤匙——
童年时，在爸妈餐桌上，
我边嚼边睡。

我悄声对他说：
回来，从另一个角落出来，
快……赶快……赶快啊！

不知不觉地，我为他引证、谋划，
容得下一张慈悲的简陋的破床的：
别乱想。那位医生很健康。

我不会再嘲笑了，当母亲
在我小时候，在礼拜天
凌晨四点，为旅人，
犯人，
病人
与穷人祈祷。

在幼儿园里，我不会再出手
殴打任何人，让他事后
滴着血哭说：下个礼拜六
我会把我那份肉食给你，但
不要打我！
现在我不会跟他说：好，乖乖照着办。

在囚室,在尚未凝结成一团的

无边际的气体里,

谁在外面绊了一跤?

(陈黎 张芬龄 译)

61 今夜我从马上下来 / 巴列霍

今夜我从马上下来，
在家门前，先前我随
公鸡的啼叫声在此告别。
如今门紧闭，无人回应。

妈妈在上面生下我哥哥的
那张石凳——他由是有马鞍可跨坐，
而我总是骑在光秃秃的马背上
穿越街巷、树篱，一个乡下孩子；
我把悲伤的童年留在石凳上
任阳光将之染黄……那忧伤
镶在门上吗？

上帝沉浸于异乡的平静中，
马打了个喷嚏，仿佛也在叫门；
四下嗅闻，踢击卵石。而后疑惑，
嘶鸣，
竖耳细听。

爸爸一定整夜在祈祷,也许
他以为我会晚回来。
我的姐妹们,哼唱着她们单纯、
泡泡般熙攘的梦想,
为即将到来的节庆做准备,
几乎都已准备齐全了。
我等候又等候,我的心
如待孵之蛋,但却受堵。

我们离开这大家庭
不太久,现在没有人醒着,连一根点在
祭坛上等我们回来的蜡烛也没有。

我再次叫门,无效。
我们默不作声,开始啜泣,马
也嘶叫,不停嘶叫。

所有人都长眠了,
而且如此酣熟,最后
我的马也累得半死,不住
点头,半睡半醒地,每次点头都说
无妨,一切皆无妨。

(陈黎 张芬龄 译)

艾尔西亚 /聂鲁达

阿劳科的石头,水中漂流的
自由的玫瑰,根的领土
与一名从西班牙来的男子初相逢。
它们以巨大的苔藓攻占他的盔甲。
蕨类的阴影侵袭他的刀剑。
原始的藤蔓将蓝色的手
搁在行星新享的寂静之上。
男子汉,响亮的艾尔西亚,我听见你第一个黎明
涌动的水声,狂躁的鸟群
以及叶丛间的雷鸣。
留下,啊留下你金鹰的
印记,让野生玉米
划伤你的脸颊,
一切都将被尘土所吞噬。
响亮的人,唯独你不会啜饮
这盛血之杯,响亮的人,唯独
你骤然发出的光热
才能引时间秘密之口徒劳地
前来告诉你:徒劳。
徒劳,徒劳,

溅在水晶树枝上的血,
徒劳,穿过美洲狮的夜晚
士兵挑衅的步伐,
命令,
受伤者的
步伐。
一切回归以羽为冠的寂静,
一个久远的国王在那里吞噬藤蔓。

译注:艾尔西亚(Alonso de Ercilla y Zúñiga,1533—1594),出生于马德里的西班牙贵族、战士、诗人。1556—1563年间,他参与征服智利的战役,有感于智利中南部原住民马普切人(Mapuche,意为"大地的子民")英勇抵抗西班牙人入侵,而写作史诗《阿劳卡尼亚》(*La Araucana*)(南美洲的西班牙殖民者曾称马普切人为阿劳卡尼亚人)。这首长达三十七章的史诗分成三卷,先后于1569、1578、1589年出版,讲述阿劳卡尼亚人的英勇起义事迹,智利与西班牙的历史。阿劳科(Arauco),西班牙人对马普切人居住地的称呼。

(陈黎 张芬龄 译)

69 你如何追猎我们,哦海啊 /巴列霍

你如何追猎我们,哦海啊,抖动着你诲人
不倦的卷册。多么伤心欲绝,多么凶暴啊
你曝晒于炽热的强烈日照里。

你带着锄头扑向我们,
你带着刀刃扑向我们,
在疯狂的芝麻里乱砍、乱砍,
当波浪哭泣地翻身,在
掏出四方之风以及
所有的记忆之后,以众多唇形的
大钨盘,犬齿的收缩,
以及静止的海龟的 L。

随白日的肩膀胆怯的颤抖
颤动着的黑翼的哲学。

海,确定的版本,
在它单一的书页上反面
对着正面。

(陈黎 张芬龄 译)

巴托洛梅·德拉斯·卡萨斯神父 /聂鲁达

夜里,有人自工会返家,
疲惫地走在寒冷的
五月雾中(琐碎的
每日抗争中,冬雨
自屋檐滴落,持续不已的
苦难喑哑的悸动),他想到
奴役者与铁链,
经过伪装、狡诈、
卑鄙地复活,
而当忧伤爬上
锁,带你一同进入,
有一道古老的光射过来,柔润、
坚实如金属,如一颗被掩埋的星。
巴托洛梅神父,谢谢你在凄冷的子夜
送来这份礼物,

  谢谢你,因为你的思维是不可灭的:

  它原本可能被压死,被

愤怒的狗嘴吞食，

可能遗留在

焚毁的屋舍的灰烬里，

可能被砍杀，被无数

暗杀者的冰冷刀锋

或者被面露微笑的仇恨

（下一轮十字军东征的背叛），

自窗口冒出的谎言。

水晶般的思维原本可能消逸，

不可变的晶莹

化为行动，化为斗士

与瀑布般飞泻的钢铁。

人类少有像你这样不世出之生命，

少有像你身影般的那种树荫——所有

美洲大陆的炽烈火炭都前来求助，

所有被抹灭的身份，

肢体残缺者的

伤口，被夷为平地的

村庄——一切都在你庇荫下

重生，在痛苦的尽头

你重新酿制希望。

神父啊，吾人何其有幸，

有你来到新开垦地，

咬嚼罪恶的黑色谷物,喝下
每日激愤的胆汁。
赤手空拳的凡人啊,是谁
置你于忿怒的齿间?
你诞生之时,别的金属
如何露出其眼睛?

酵素如何被掺进
人类隐藏的面粉
将你恒久不变的谷粒
揉入这尘世的面包?

你是血腥的魅影间
真实的存在,你是
狂袭而来的惩罚中
温柔的永恒。
经过一次次奋战,你的希望
转化成精准有效的工具:
孤单的抗争开枝散叶,
无用的哭泣结党联盟。

悲悯无效。当你展示你的
纵队,你庇护的船舰,

你祝福的手,你的披风,
敌人正践踏眼泪
并且捣毁百合花的颜色。
悲悯,崇高、空洞如废弃的
大教堂,一无效用。
是你不可灭的决心,敏捷有力的
抵抗,武装的心。

理智打造出你巨人的质地。

有机体的花是你的结构。

征服者居高临下想仔细
观察你(从他们的高度),
他们倚着腰刀而立
像石头的影子,
以讽刺的口沫
淹没你率先关怀的土地,
说:"煽动者在那里!"
谎称:"他被
异国人收买",
"他没有祖国","他是叛徒",
而你所宣讲的道绝非

脆弱的瞬间，短暂的
准则，或旅行用的小时钟。
你的资质是整座战斗的森林，
天然贮存的铁，粲然发光然而被
繁花盛开的大地所遮蔽，
甚至，更为深邃：
在永恒的时间，在你生命的
轨迹，你向前伸展的手是
黄道带的星球，人民的标记。
今天，神父啊，请与我一起进入这屋子。
我要让你亲睹我的人民和受迫害者
所写的书信与所受的磨难。
我要让你看看那古老的忧伤。

为了不让我倒下，为了让我
在地上站稳双脚，继续战斗，
请遗赠给我的心带有你温柔的
漂泊的酒与坚决的面包。

译注：巴托洛梅·德拉斯·卡萨斯（Bartolomé de las Casas），1484 年出生于西班牙塞维亚，1566 年于马德里去世，十六世纪西班牙多明我修会（道明会）教士。他本来也是到美洲淘金，也剥削过印第安原住民，偶然听到道明会神父讲道，恍然大悟，痛改前非，加入了道明会，成为一名神父。他挺身对抗西班牙

王室，毕生致力于保护西班牙帝国统治下的南北美洲印第安人，为他们争取平等的生存权利，获得"印第安人守护者"的称号，可说是世界上第一个人权实践者。他的著作《西印度毁灭述略》是揭露西班牙殖民者种种暴行的重要文献。

(陈黎 张芬龄 译)

71 太阳蛇行于你清凉的手上 / 巴列霍

太阳蛇行于你清凉的手上,
在你的好奇心中小心翼翼地流散开。

别出声。没有人知道你在我里面,
全部的你。别出声。别喘气。没有人
知道我鲜美多汁的这整组点心:
黑暗的军团,哭泣的亚马逊族女战士。

下午,马车在马鞭声中——离去,
我的马车也在内,朝后望向
你指间致命的缰绳。
你我双手相互伸展向前
如守护的两极点,练习消沉,
鬓与鬓,侧面与侧面。

未来的夕暮啊,同样别出声。
静定下来,会心地笑
紫红色斗鸡们这狂暴壮观的发情,
狂暴壮观地张牙舞爪,

以穹顶,以蔚蓝的寡妇般半钩月。
欢乐吧,孤儿——到任何
街角的杂货店饮一杯水吧。

(陈黎 张芬龄 译)

劳塔罗对抗人头马(1554) /聂鲁达

然后劳塔罗一波又一波地攻击。
他训练阿劳科的影子:
昔日,卡斯提亚的刀刺进
红色群众的心脏。
今天游击战的种籽洒遍
森林各角落,
从石块到石块,从浅滩到浅滩,
自钟形花后面窥探,
埋伏于岩石下方。

  巴尔迪维亚试图撤退。

       为时已晚。

劳塔罗来了,披着闪电之衣。
他紧追陷入困境的征服者。
他们在南半球暮色中
穿越潮湿灌木丛寻找出路。

      劳塔罗来了,
 在众马黑色的奔腾中。

疲惫和死亡引领

巴尔迪维亚的军队穿过叶丛。

　劳塔罗的长矛逼近。

佩德罗·德·巴尔迪维亚在尸骨与落叶间
前进,仿佛身陷隧道之中。

　黑暗中劳塔罗来了。

他忆起多石的艾斯特雷马杜拉,
厨房里的金色橄榄油,
留在海洋彼岸的茉莉花。

　他认出劳塔罗的叫阵声。

羊群,粗陋的农舍,
涂上白漆的墙,艾斯特雷马杜拉的午后。

　劳塔罗之夜降临。

他的尉官们仿佛被血、夜和雨水灌醉,
摇摇晃晃步上撤退之路,

劳塔罗的箭一支支抽动。

跌跌撞撞的连队
在血泊中节节败退。

已然触碰到劳塔罗的胸膛。

巴尔迪维亚见到一道光,曙光,
也许是生命,海。
   是劳塔罗。

译注:劳塔罗(Lautaro,1534?—1557),智利马普切原住民(即阿劳卡尼亚人)的年轻领袖。在西班牙征服智利期间,他率领马普切战士起而反抗西班牙,赢得多次胜利。他所创立的战术在漫长的阿劳科战争中为马普切人奉为行动方针。他试图解救智利脱离西班牙的统治,可惜遭西班牙伏袭而丧命。人头马(Centauro),又名半人马,希腊神话中一种半人半马的怪物,上半身是人的躯干,下半身(腰部和四肢)则是马身。人头马居住在位于希腊中东部屏达思山和爱琴海之间叫作塞萨利和阿卡迪亚的地区。他们经常因放荡和好色而被描述成酒神狄俄尼索斯的追随者。佩德罗·德·巴尔迪维亚(Pedro de Valdivia),来自西班牙的征服者,也是第一任智利皇家总督。服役西班牙军队期间被派驻于意大利和法兰德斯,1534年晋升陆军中尉,后被派遣至南美,任副司令,建智利圣地亚哥,于出战马普切原住民时身亡。艾斯特雷马杜拉(Extremaduran),西班牙西部的一个自治区,是许多西班牙探险家和征服者的故乡。

(陈黎 张芬龄 译)

夜之笼 /莱昂·费利佩

我已无法向前。
我突然撞上一块又硬又黑的石头
无法向前。
只能后退……
于是我向后迈步……
迈步，
像个瞎子般迈步……
但我再一次撞上了
什么硬东西，
又一块黑石头阻挡我的脚步。
天色暗了下来
同时变得生硬。
这让我恐惧
尖叫。
我什么都听不见，
我什么都看不见，
我不能哭。
啊，迷路落单的孩子！
白天永远不会到来，

永远,

永远

永远。

你们为什么抛下我?

天使朋友……

别抛下我!

出点声音吧

扇动翅膀吧!

翅膀的一点声响……

哪怕是翅膀的一点声响。

你们在哪里,天使朋友?

(袁婧 译)

基督 / 莱昂·费利佩

基督,

我爱祢

不因祢从一颗星上降临

而因祢向我揭示

人有血,

有泪,

有苦……

有钥匙!

有工具!

可以打开一扇扇紧闭的光之门。

是的……祢教导我们:人便是神……

一个像祢一样被钉上十字架的可怜的神。

在各各他,祢左边的,

那个可恶的强盗……

也是一个神!

译注:据《圣经·新约》四福音书记载,各各他(Gólgota)是基督受难之地,当时他的左右各有一个强盗与他同被钉十字架。"耶稣背着自己的十字架出来,到了一个地方,名叫髑髅地,希

伯来话叫各各他。"(约 19:17)"当时,有两个强盗,和他同钉十字架,一个在右边,一个在左边。"(太 27:38)

(袁婧　译)

这位统率历史的骄傲船长 /莱昂·费利佩

因为或许我们是一位怪异无情的神的造物,
大司铎。
如果我们由一个怪异无情之物所造,
我们的神为何应当是仁慈的?
谁会对人类怀怜悯之心?
另外……
生活不正是一连串迫不及待的血盆大口吗?……
如果蚯蚓吞食种子,
母鸡吞食蚯蚓,
人类吞食母鸡……
那么神为何不应当吞食人类?
人类是怎样的佳肴!
大司铎,您难道未曾设想,我们也可能是
一位贪吃而怪异的神的食物?
我们的栖身之所,
仿佛在一条巨大而漆黑的管道中,
仿佛在一条庞大的食道中,
下行,
下行,

缓慢地下行，

经过溃烂、卷曲、迷宫似的

历史的肠道？

有人吞下我们，

有人在一场盛宴上，醉醺醺地，吞下我们……

并无休无止地将我们吞食。

已有的事，后必再有……规律如此

不是吗？

我偶尔想象——我想象什么呢！

大司铎！——，

我偶尔想象……

我们由一位贪吃而怪异的神排泄而出，

我们总是为"这位统率历史的骄傲船长"

找寻起源和定义：

神的梦……

神的气息……

神的爱的结合……

然而这才是存在主义与哲学的终极答案：

神的粪便。

谁有异议？

谁在尖叫、掩鼻？

够了！……你们到底想要什么？

您想要的是什么，大司铎？

在战争的布景后

我们还在这里没完没了地吟唱主的赞歌?

我们是神的粪便!

这一切在反复……粪便在反复

反反……复复!

但大家别惊慌。

这一切不过是想象。

一个又老又疯的诗人的想象

不必对他太在意……

——哎!……药剂师,好心的药剂师!

给我来一盎司的麝香

熏一熏我的想象!

译注:大司铎(arcipreste)指主教下辖、分管多个堂区(parroquia)的神职人员的称呼。"大司铎"这个人物首次出现在莱昂·费利佩的诗集《鹿》中,并贯穿于他之后的诗作。在《窗》(La ventana)一诗中,诗人描述大司铎为"伟大的传道者,大卫的儿子。曾有人称他为圣经的黑蜂……他作过以色列的王,在耶路撒冷"。可见这位大司铎与圣经《传道书》的作者身份相吻合。《传道书》的主旨为"凡事都是虚空",劝诫人们"敬畏神,谨守他的诫命,这是人所当尽的本分"。"已有的事,后必再有"来自《圣经·旧约·传道书》(传1:9),莱昂·费利佩在诗作中多次引用这句话。

(袁婧 译)

空十字架空长袍 /莱昂·费利佩

在耶稣受难的悲剧里……
宗教剧、历史、故事……那个故事
由天主讲述,
仿佛一朵光与血的玫瑰
一节一节地
一瓣一瓣地
被天主扯下,
而后汇入神圣福音的
四个银盘之中……
叛徒叫什么名字?……
有罪之人是谁?……
——是犹大。
　　　　　——不!
　　　　　　　　——那么是谁?
——没有人。是风。
——风?犹大是风吗?
——只有认为犹大存在的人
能够出卖拿撒勒人。
犹大是那件黑色长袍
封存在历史的衣橱中,

为了完成并重现福音

某位演员必须穿上长袍

登台亮相。

如今在复活节的演出中

每年会有一个平民

郑重地穿上长袍……

犹大是那件脏兮兮空荡荡的长袍，

挂在无花果树的枝头，

被风吹得鼓胀，

摇摆，

古怪地晃动……

这一年由胡安穿

那一年由佩德罗穿。

和十字架一样。

——和十字架一样？

基督也是风吗？

——基督是空荡荡的十字架啊！

就在那里……

空荡荡的，

在各各他的山包上，

自从基督升天，从十字架上下来，

圣子向上，进入圣父的怀抱

躯体向下，归入尘世的坟窠。

就在那里,

干巴巴的,

已经成为符号,

支着一根光杆

张开两条横木……

仿佛在收割过后空守的田野,

仿佛众人共有的无根的田野。

它曾被打造为神,

却与人完美匹配。

同样适合法官与强盗。

就在那里!……

十字架今年属于谁?

今天轮到谁拥有

苇子做的权杖,

INRI 的牌子

和葡萄藤编的荆冠?

译注:拿撒勒人(el Nazareno),指耶稣基督。据《圣经·新约》记载,耶稣受难时右手执一根苇子,头戴荆棘编的冠冕,上方安有一个写有"INRI"的牌子,意为"犹太人的王,拿撒勒人耶稣"。

(袁婧 译)

切线 /莱昂·费利佩

　　他终沿切线逃脱……

那么切线呢,大司铎?……
球体的半径脱落、逃逸?……
拉水车的瞎眼母骡,有天发了疯,挣脱开例行的号子?……
绷在弹弓上的皮带,突然松开
是为发射卵石的愤怒?……
火的切线逃离圆圈
而后成为一条射线?
因为空中……大司铎,您知道吗?……
不区分向上与向下……
而人的星星
是那条射线追寻的目标,
那个属于时间水车的
或神秘或自杀或反叛或逃逸的火箭……
仿佛标枪,
仿佛闪电,
仿佛圣歌。
神创造了球和钟表:水车一圈又一圈不停地旋转,

钟摆在计算圈数，单调但精准……

那是孩子的玩具，大司铎，

多奇妙的礼物！

然而有天，孩子厌倦了玩具，从里面扯出机芯与秘密，

仿佛拆开一只机械小马，

仿佛拆开以锯末和布条填充的小马。

这一刻时钟停摆

世间从此疯癫、破碎，在空间之中，无意义地旋转。

这一刻孩子创造了切线，大司铎，

神秘之门敞向奇迹骑士，

光的伟大冒险家，

光的神圣十字军，

自杀的诗人，疯子和圣人

他们在风中逃跑，去寻找神，为了告诉他

我们所有人都厌倦了，极度厌倦

水车和钟表，

厌倦暴君的紫色饱嗝，

厌倦永恒的胡子和皱纹，

厌倦死水一般的罪恶，

厌倦这架破损、

疯狂、孤独的转轮，

厌倦尘世这件腻人的玩具，

厌倦这个怪异、阴郁、愚蠢的礼物，

厌倦这个宿命的装置:已有的事,后必再有。

已行的事,后必再行。

译注:"已有的事,后必再有。已行的事,后必再行。"来自《圣经·旧约·传道书》(传1:9)。

(袁婧　译)

给我你的黑圣饼 /莱昂·费利佩

别怜悯我,灰暗的光。
给我你的黑圣饼,你最后的面包……
一场不会醒来、不留记忆的梦。
让我沉入那口黑井,
向淤泥和幼虫更深处……
在那里,生活是没人见过的
青色幽灵。

译注:圣饼(hostia)通常为一块圆形、白色的无酵饼,象征圣体。圣餐礼中祭司将圣饼赐予基督徒。

(袁婧 译)

大冒险 /莱昂·费利佩

  铜盆,头盔,光环……
  是这个顺序,桑丘

时间过去了四百年……
洛西南特疲惫不堪地走来。
一年又一年黑漆漆、血淋淋的冒险……
一步又一步走在坎坷曲折的历史道路。

那两人走来,
骑士与侍从,
沉默不语
缓慢地
乘着他们卑微但荣耀的坐骑……
走在开阔而灼热的卡斯蒂利亚高原。
在令人目眩的阳光下!
啊,那阳光!
对于伟大的诗意隐喻、伟大的奇迹与惊奇
这阳光显得并不相称!

桑丘在这几百年中成长了……
他已经跟随主人
游历了世界！
现在他既不愚笨也不粗鲁，
而是勇敢威武……
我看他瘦了许多，
几乎骨瘦如柴。
现在他更像主人了。
那个便便大肚，
曾与村子里
出名的坛子相当，
但现在已经没影。
（我明白了，桑丘……
战争、战败……饥饿……
啊，生活，伟大的苦行大师！）
现在，我不敢叫他桑丘·潘沙。
别再叫他桑丘·潘沙！
叫桑丘就好。
只是桑丘！
桑丘的意思是：太阳之子，
光的臣子臣民。
此外他也有了奇情异想。
说起话来就像堂吉诃德……

也会像他那样看待一切……

现在他自己也会使用疯诗人的

隐喻手法……

现在他能把日常事物

拔高成宏大史诗……

使下贱的闪耀荣光。

现在他会像主人那样说:

——在这个幽暗的无月之夜,我们远处看见的,

并非牧羊人破旧茅屋的微弱灯火……

那是晨间的星光!

他们四个正在走来……

从前面的路来……

我去和他们打招呼。

各位好,最尊贵的朋友……

欢迎,骑士!

拉曼却不灭的星,

祖国热诚的明星!

杰出的同胞们……

欢迎来到这片古老而破败的土地……

愿上帝保佑你,桑丘!

我也向你问好,洛西南特……

啊，出身平凡的老马。

你没有家谱……

但你的荣光超越世上所有"纯血"马驹。

你的血统，如你主人所愿，

从你自己开始。

不过，

我了解你的经历

——知道得清清楚楚——

我会向人们讲述

向天下展示

你神圣的洗礼证书。

洛西南特：让我们道尽你的经历，如撰写伟大传记！

我曾见你受缚于最低贱的行当；

我曾见你如一匹机械劳作的瘦马；

我曾见你被套在水车上；

我曾见你在黎明拖着一车蔬菜；

还有时候，拖的是市政垃圾车。

有天下午你被带去我们著名的斗牛赛

我见你在黄沙场上

仿佛恺撒竞技场上的

奴隶或是基督徒……

你装扮着殉难的饰物：

破破烂烂的披挂

一条猩红色的手帕蒙住你的眼睛……
——为了不让你看到死亡！——
那时你在敌意的太阳之下，
在牛角与长矛之间；
在咒骂、嘲笑与哀号之间……
就是你……我认识你。
请原谅我！
请原谅我们！
我一直爱着你，洛西南特。
那场斗牛赛上
我一直在为你落泪……
此刻我无法压抑哭号。
为了向你致歉，
为了让你原谅我们，
为了让你原谅我，
我想向世人讲述
你的出身，
你的血统……
你的家谱……

因为我有
诸神赐予你的洗礼证书
我知道有天阿波罗会降临

驾驶着他的太阳马车,

在一个阳光友善而慷慨的早晨,

将你带去荣耀的英雄坐骑的

永恒国度……

因为你与奥罗拉的马匹

实为手足。

我也向你致意,

友好的灰驴,

克制的灰驴,

受苦的灰驴,

耐心的灰驴

——我小声对它说,

贴着它的一只大耳朵——:

耐心……耐心……比圣方济各,那个亚西西人

多一点点耐心,

我为你预留了一席尊位,

在那里,你成为一个符号,

请在西班牙诗意的黄道带上

永远安息……

向各位致意!……祝你们健康、好运!……

好运!西班牙人需要好运!

他们没听见。

我再重复一次……更大声……
把手圈在嘴边。
好运！西班牙人需要好运！

堂吉诃德的胡子挫败地垂在胸前
他闭着眼睛……
骑士睡着了？
骑士没睡着！
堂吉诃德在椅子上不安地挪动
桑丘听见他说奇怪的梦话：
"我们走了很久——好几个世纪——走遍了
世上的大小村庄，
走过历史的胜利与溃败
但是桑丘，我们还没有遇到
'大冒险'。"
"什么是大冒险？"——侍从问道。
堂吉诃德没有回答。
他再次把头垂在胸前……
闭上了眼睛。
骑士在做梦？
对，骑士在做梦！

做梦！……做梦！

或许他梦见了大冒险!

(我知道什么是大冒险。)

倘若就发生在今天,此时此刻,

我想要准备好舞台。

我需要风景。

请舞台设计大师来!

还有道具总管。

让我们开始:

这里,卡斯蒂利亚。

这就是卡斯蒂利亚。

我们在卡斯蒂利亚的最高处。

这就是高原。

尊贵的高原!

收获的季节已过。

——旷野上了无人烟。

平坦……平坦……一马平川……

在这片平地上……一棵树也没有。

远处有几棵逃走的杨树……

请杨树离开!

我不要树……

不要树也不要鸟……

也请鸟儿离开。

——那老鹰呢？——舞台设计师插话——。

老鹰总是出现在那些恢弘史诗的开场。

——在我们的诗里——我说——只出现乌鸦。

在西班牙的每一场溃败里。

而我们除了溃败一无所有……

乌鸦总是盘旋在不祥的一边……

但是这次，西班牙将首次胜利，

西班牙将赢得关键的一战，

我不要乌鸦。

不要老鹰也不要乌鸦。

——但是老鹰——道具师说——，

老鹰是卡斯蒂利亚的鸟。

——老鹰是种供人观赏、受人奴役的鸟——我说——。

它羽翼上的纹章压过了飞翔。

鹰是巴罗克的。

它怪异的头、弯曲的喙和张开的翅膀

与我们布置的冷峻而神秘的风景并不相称。

另外，老鹰飞得不够。

我们要去比老鹰更高的地方。

在我们要去的高处，它无法呼吸。

老鹰是战争之鸟……

士兵的朋友。

它喜欢立于闪耀的帝国战盔之上。

我总能在国王的纹章中看到它，
坐着，如一只高傲的母鸡般瘫坐
孵化战争之蛋。
老鹰总是紧紧抓住头盔……
曼布里诺头盔上也有它的身影……
我不需要老鹰的飞行。
我很清楚，除士兵外，鹰也是诗人的宠儿……
但有的诗人只满足于老鹰的
飞翔。
这种大鸟有些浮夸……
墨西哥人也崇拜老鹰……
把它视作"应许"的动物。
与墨西哥的史前历史
和金字塔相称……
但是，当基督降临安第斯山……
墨西哥天空中飞翔的阿兹特克神鹰
便失去了寓言与高度。
请老鹰离开！
我不需要老鹰！

——还有太阳——舞台设计师说道——，
我们把太阳放在哪里？
——在天顶，

严明而垂直地照射着高原……

高原上的平地

干净,

简洁……

眼前只有一道道垄沟的平行线……

马路洁白、干燥、笔直,

直到扎入地平线的蓝色。

蓝天,没有一片云……

地上甚至没有云的影子

哪怕一条曲线。

有人说卡斯蒂利亚没有曲线——说得好——。

这片神秘而冷峻的风景中没有曲线。

没有曲线也没有阴影。

几何……

直线几何……

几何……和光。

啊,光,我生命的光与爱!

卡斯蒂利亚高傲的光!

你曾迎接我出生,

死时请为我装殓!

光,这样就好!

不要为人物勾画清晰的轮廓,

这样就好。这就是委拉斯凯兹的光线。

景物反射着光芒，反光使它们舞动
直到抹去它们的轮廓。
大地燃烧，
太阳暴怒。
一切看起来像个大熔炉，万物在其中
噼啪作响、瑟瑟发抖，逐渐失去了平日的形态。
大地痛苦难耐。
或许这个不幸的星球——啊，可怕的怪物！——
此刻即将分娩一颗星星。
这世上即将发生些什么，非凡而神奇的大事。

——那么……现在几点？我们的诗发生在什么时候？
——在这样的时刻：当一个乡巴佬看着像国王
当衣衫褴褛的妓女成为传说中的公主。
当阿勒东萨·罗伦索变成杜尔西内亚……
当圣徒、神秘主义者
和西班牙的大疯子们看到神的面庞。
当毛毛虫变身蝴蝶……
造物主的大胆隐喻的时刻。
正午的时刻……
伟大奇迹发生的精准时刻。
——没有合唱团吗？诗里没有合唱团吗？
——没有！

充满预兆的沉静。

高原上一片寂寥。

放眼望去……万物沉睡。

古老而尚武的卡斯蒂利亚进入千年的长梦……

军事独裁统治下的西班牙

也昏昏睡去。

在贵族阔气的宅院里,所有人都在沉睡……

你的孩子们都睡着了,长寿而丰饶的妇人。

老人和年轻人。

西班牙人在沉睡!

佛朗哥在沉睡,熙德在沉睡。

还有流亡的西班牙人,在远方,也在沉睡……

所有人都在沉睡!

只有堂吉诃德醒着!

西班牙沉睡!……但国王未眠!

啊,可怜而疯狂的拿撒勒国王!

祂在那里……你们看!

这人是英雄!

祂就在那里!

仿佛老旧布景更换器的一个道具,

仿佛滑稽戏中的大木偶。

这就是曾经被我戏谑的人:

挨耳光的可怜小丑。

但这不是事实。

这人是国王……我们的国王!

    英雄!

现在我想要称呼他为

大魔术师。

他的魔术

没有花招也没有圈套……

而是奇迹。

堂吉诃德可以创造奇迹!

一天,他正走在拉曼却的马路上

远处出现了一位骑驴的村妇。

她丑陋、可怕、鼻子塌、牙齿不全、一股洋葱味……

她是个怪物。

名字叫阿勒东萨·罗伦索。

堂吉诃德看到她……

不知是通过怎样神圣的想象演绎,他说,

他喊道!:

那个走过来的……是杜尔西内亚!

托博索的公主!

他的声音如此笃定,并紧握长矛以捍卫

他的话语,阿勒东萨·罗伦索消失在拉曼却

马路上脏污的尘土中……

而杜尔西内亚永远地留下了，仿佛一颗星星，

嵌入历史的诗意天空。

另一天……

——或是在夜里？是个夜晚。

一个月光下的夜晚。

你记得吧，桑丘——。

那时你们在黑山。

连着四天没有干粮。

几个牧羊人热情慷慨地款待了你们。

那个西班牙村庄平凡而朴实，

人们并不识字，像当时的你一样。

他们是牧人。

但是有国王般高傲的举止。

他们贫穷……

但是宰杀了一只羊，

于是有了肉。

他们带来几个粗麦大面包，

于是有了面包，

他们开了几个酒囊，

于是有了酒……

他们与你们并不相识却慷慨解囊……——你记得吧——。

最后，在地上，他们倒出一袋橡树子。

那是牧羊人的点心。

就在那一刻,你的主人神采奕奕。

为了回报这些馈赠

他抓起一把橡树子,

在月光下举起

说了一些话

于是

那些橡树子

突然变成

一个充满和平与和谐的世界

充满正义与爱的世界……

变成黄金时代,

那个让如今全球的经济学家与圣人们

醉心寻觅的时代……

那是一场神奇的魔术!

堂吉诃德从那把橡树果里取出……一只

鸽子……

伟大魔术师的白鸽……

鸽子以寓言的曲线飞行……

一道完满的福音曲线,仿佛是耶稣

本人的言语。

他开口,就像耶稣每次开始他的寓言故事时那样:

"在那段岁月……"

模糊掉时间。

时间令我们困惑……

没有时间。

"那是多么美好的岁月、多么幸福的时代啊……那时'你的'

和'我的'都是陌生的字眼……"

"那个幸福的时代"……

那是哪个时代?

过去的时代还是未来的时代?

寓言里没有时间!

那个时代……将会到来!

没存在过……将会存在。

它将会到来,因为牧羊人们祈求并捍卫这个信念

正如耶稣基督的期许。

塞万提斯说牧羊人们

听不懂那段关于黄金时代的演讲……

其实他们听懂了。

现在我们在见证他们的理解。

因为当今世上

所有的辩论与斗争

都是为了让人们有天回到那个黄金时代

那个在黑山深处的月夜里

堂吉诃德对牧羊人讲述的时代。

——但是，这首诗要用什么诗行？怎样的史诗韵律？

 ——道具师说——

不用厚底鞋吗？

我回答：——我们已经刺杀了所有修辞……

也刺杀了荷马。

现在我们不需要荷马……

也不需要阿喀琉斯。

请把厚底鞋拿走。

我不要厚底鞋。

把厚底鞋给宙斯。

我们会穿着无声的福音凉鞋行走。

赫库芭用来拭泪的手帕

请一并拿走。

哈姆雷特在那边向几位喜剧演员挥金

让他们为特洛伊的王后哭泣。

赫库芭与我何干？

特洛伊又与我何干？

这里没有修辞的眼泪

也没有工薪小丑的悲情诗歌。

我不为生者哭泣

也不为亡者落泪。

我的哭号不是抽噎

也不是守灵时的鼻涕。

我们要在更高处哭泣!

我眼见一座座特洛伊城

一个个世上的帝国

泯灭于尘埃……

而伟大的西班牙帝国

我血统与世系的源头……

也在我眼前没入尘埃!

不!

我不为赫库芭哭泣

也不为特洛伊落泪。

我不为西班牙哭泣……

我想在更高处哭泣!

我的哭号已不再有

尘世的寓言。

它是笔直的……

并不断寻觅……

我不知道它在找寻哪片星宿。

但是我想要一个王国

——没有开始,

没有历史

没有结束……

一个不在时间中瓦解的王国……

在这个王国中

光将一切所触之物化为神圣永恒。

我们不为六步格哭泣。

六步格的韵律

我也不需要。

请把所有六步格拿走!

这里只留下我的韵律。

这首诗由我创作……

我来赋予它我需要的唯一韵律!:

我的!

一种我在此初次使用的自由体诗。

这种自由体诗只能通过年岁获得。

我必须年满八十

才能驾驭它。

已经哭了那么久!

这种韵律来自远方……

来自含蓄而遥远的堤坝

和血液的奔流

现在,我年岁已高,再无法压抑热血。

或许我从来不该压抑!

愿血液如激流般奔涌,淹没所有六步格!

因为有时，六步格的韵律

压制了血液的搏动

而我想要的是首先听见

我的血液的搏动。

另一边

我的血液的律动

是一种诗韵的律动。

但这不是我的责任。

我并未有意寻求。

——我发现这首诗中的任意一节

都可以分解成十一音节、六音步、

九音节，

或四音节的诗句……

它们以永远独特的方式

汇聚成为一个诗节

恰巧而精准地奏出我内心的曲调。

另外，我认为这种修辞

最容易翻译成所有语言。

如若一句诗需要飞行很远

——这首诗就会飞行很远——

这双翅膀是最合适的。

我总是将倒装的巴罗克式弯钩

矫正为鲜红色

——我憎恶倒装法——

我喜欢如长矛般干净笔直的诗句。

如若翻译我的作品

我希望我的词语能被温和地装入

最简单的模型和量具。

译者:请使用陶土的罐子

能够抚慰每个口渴之人的陶罐。

今晚我带各位来此

观看另一场魔术:

另一个奇迹

你们以为呢?

我将各位召集至此

难道是为了听一首男高音的浪漫曲?

不!

我带各位来观看

伟大的西班牙魔术。

伟大的西班牙戏法!

西班牙

是武士……和……圣徒

的民族。

摊牌吧!武士和圣徒。

你看好哪头?

比拼即将开始:

如各位所见,我已经安排好一切

嘲弄者无法逃脱。

卡斯蒂利亚高原,故事将在此上演,

我已将场景清空:

没有一棵树,

没有一只鸟,

没有一片阴影……

开阔的光线从天顶洒下……

没有一点缝隙,没有一点藏匿之处

供人埋伏陷阱……

我已赶走所有幽灵……

巴罗克的

与古典的……

我已驱逐了修辞

因为修辞是魔术师的罩布

下面藏有亮片和玻璃珠。

我已向各位介绍主人公;

你们见到了英雄……

表演的一切准备就绪。

现在请注意……诸位看好!

别让人嘲笑我们!

别让人欺骗我们!

注意!!……我们要开始了。

"大冒险"

那两人正在走来:

骑士与侍从……

乘着他们经典的坐骑。

正在走来……

从前面的马路来……

走得缓慢……沉默不语。

堂吉诃德望向远方

注视着地平线……

突然,洛西南特嘶叫着翘起蹄子

癫痫一般摇晃脑袋。

有事发生。

洛西南特在空气中嗅见了异常。

灰驴也受了刺激。

两只牲畜的鼻子仿佛着了火。

远方的天空作一块颤抖的红色薄板……

空气和阳光在颤抖。

远处有物体舞动着。

堂吉诃德把头盔戴紧,

在马镫上踮起脚,

从马具上站起身,

端平长矛

昂头,定睛,不知身在何处,

是梦游,

或是他那神圣癫狂的高潮时刻

他瞪圆眼睛,大吼

(喊声在云天回响,令苍穹那炙热的蓝色凹面为之震动):

——在那里!!!……从那里来了!!你看到他了吗,桑丘?

侍从把手放在额前

额头上沾满汗水和泥巴,他挤挤眼睛,一动不动地

注视着路的尽头。

然后兴奋而沉稳地说:

——对……对……对……!是他!是真正的,

堂曼布里诺骑士……他头上

戴着的……不是理发师的铜盆……

而是头盔!……金盔!……战盔!

我们去会会他!!

——不!……冷静,桑丘!……冷静!

——我们走!——侍从坚持——。

您怕什么?……主人,我从未见您如此怯懦。

——我说冷静,桑丘。

堂吉诃德猛地勒马,让洛西南特停下。

两人等待着。

堂吉诃德放下长矛,再次注视着远方。

以一种异常疯癫与超自然的眼神。

他颤抖着……而后说道:

——来者何物?来自何方?

地上还是天上?

一切剧烈地颤动

地平线随之溶解,变得模糊。

地平线消失了。

现在地平线消失了!

——何人走来?……何人到来?——骑士继续

喊叫着。

——曼布里诺!——侍从回答。

——不,桑丘!那不是曼布里诺。

他头上戴着的……不是头盔!……

——那是什么?

——金子没有这样的光芒。那东西远比

金子

更加纯粹……仿佛一轮来自天国的耀眼光环……

那个将它戴在头上的不是游侠骑士。

——是谁?

——我不知道……像一位天使……披着火焰的头发。

堂吉诃德来不及描述眼前所见。

——他来了,他在这儿……他已经到来……很快又离
  开……——他说道
屏息凝神
侍从一脸茫然。
一道突然的闪电将两人从坐骑上
击落。
他们脸朝下摔在地上。

诗人插话解释道:
——发生了什么?
谁经过了?
经过的那人消散在耀眼的光芒中。
已经不见踪影……
啊,卡斯蒂利亚魔力而炫目的光
令奇迹如抽穗一般生长!

当他们起身,骑士与侍从,
坐骑已经消失不见。
洛西南特在哪儿?
灰驴在哪儿?
武器也不知去向。
桑丘徒劳地寻找。
头盔不见了。

长矛不见了。

佩剑不见了。

圆盾不见了……

堂吉诃德近乎一丝不挂,

剩下一件在岁月中变得破旧不堪的紧身上衣

和一双脏兮兮的破袜子。

但是……他的头上是什么?

桑丘认不出他了。

他惊异地注视着主人,为之战栗。

——发生了什么,桑丘?——骑士坦然地发问。

桑丘问他:

——您是谁,主人?您在发光。您被光包裹着……

您的头上戴着火的王冠。

(仿佛他的大脑被那神圣的疯癫点燃

在他的前额绽放

化作一顶闪着金光的麦穗王冠。)

堂吉诃德谦卑地低下头,在身前画十字……接着

非常平静地念诵了一段祷文。

——他祈祷什么?——诗人插话——。只能清楚地听见

  这几个词:

"愿祢的国降临。"

然后堂吉诃德说:

——那经过的是一位天使。我清楚那不是曼布里诺。

桑丘满心相信地重复：

——那不是堂曼布里诺。

——那是一位天使，桑丘！——堂吉诃德重复道——。

那是和平天使，

因此他带走我们的武器，

和我的盔甲，

还把我的头盔换成

你所见我额上的光芒……

他带走了我的战争装备

并给我留下……他的王冠。

于是，堂吉诃德抬起

他干瘪瘦长的，拿撒勒的脑袋，

面朝燃烧的苍穹

在划过他面颊的泪水中

太阳碎作一片彩虹。

他仿佛年迈的基督，

一个又老又丑的基督……

被一把寻根究底的半圆凿

雕琢，

挫磨，

愤怒地挫磨，

在那堆

揉合了鲜血

和一个又一个黑暗世纪的

阴影

又在神秘之钵中被捣碎的

古怪的西班牙物质中

寻觅

寻寻觅觅

莫须有的神圣钻石。

这是我理想中的西班牙基督

现在堂吉诃德这般模样……

不是那些出自巴利亚多利德的

肖像雕刻家之手的基督。

西班牙的肖像雕刻家塑造的基督

流着玻璃珠似的泪水

光芒若隐若现。

相反,卡斯蒂利亚的阳光

在真正的泪水中

折射出耀眼的光!

——很久之前,我由此领悟,

之后也总爱重复着:

为什么我们的眼睛为哭和看而生……?

为什么在一滴苦涩的泪珠里

婴孩第一次看见

一缕阳光破裂开来
七色的光谱
如七只鸟儿腾空而起?
我不要那些由职业雕刻家所塑
怪异的
留着玻璃泪水的基督,
那只能让村妇受惊
令农夫困惑。
我不需要这种基督。
请把他们一并带走!
我想要一个又老又丑的基督
流着真正的泪水!
骑士在哭吗?
对……骑士在哭!
不知他为何哭泣……
为谁哭泣……
但如果不是真正的泪水……
就没有诗!
那个写下这些诗句的诗人
同样又老又丑……
他也在哭泣
同样不知为何哭泣……
但如果不是真正的泪水……

同样没有诗!

人是一种奇怪的动物

——有天突然开始哭泣,无缘无故……

不知为何哭泣,

为谁哭泣,

不知眼泪有何含义……

当堂吉诃德重又将头低下

他问侍从:

这意味什么,桑丘朋友?

桑丘跪下来,哭着亲吻他的手……

他们停在这个动作,两人彼此相连。

平静,

一动不动,

仿佛凝滞在时间中……

在人类血淋淋的历史中……

那么现在……我们去哪里,主人?侍从问道……

……………………………………………………

停!

译注：这首诗以塞万提斯的小说《堂吉诃德》为原型，译文中《堂吉诃德》相关译名参考董燕生版译法。堂吉诃德的侍从名为桑丘·潘沙（Sancho Panza），姓氏"潘沙"在西班牙语中意为大肚子（panza）。阿勒东萨·罗伦索（Aldonza Lorenzo）是《堂吉诃德》中的农家姑娘，被堂吉诃德选作意中人，并取名杜尔西内亚·德尔·托博索（Dulcinea del Toboso）。铜盆与头盔的典故来自小说第一部第二十一章，故事中堂吉诃德抢来理发师的铜盆，把它想象成有法力的、纯金的"曼布里诺头盔"并戴在头上。曼布里诺（Mambrino）是骑士小说中的摩尔国王，因这顶神奇头盔的保护而刀枪不入。黑山（Sierra Morena）是西班牙的山脉，位于中部高原的南缘，曾出现在《堂吉诃德》第一部第二十三至二十六章中。而本诗中由诗人回忆起的发生在黑山的故事来自小说第一部第十一章，堂吉诃德接受牧羊人的馈赠并谈论黄金时代。

亚西西的圣方济各（San Francisco de Asís，1181/1182—1226）为天主教方济各会创始人，苦行僧的代表。委拉斯凯兹（Diego Velázquez，1599—1660）是西班牙巴洛克时期的画家，代表作为《宫娥》（*Las meninas*）等，他的画作擅用明暗对比，且人物边缘模糊。佛朗哥（Francisco Franco，1892—1975）是西班牙独裁者，1936年参加反共和政府的武装叛乱，而后成为国民军大元帅，在1939年赢得内战后成为国家元首，施行长达四十年的独裁统治，直至去世。罗德里戈·迪亚斯（Rodrigo Díaz，约1043—1099），人称熙德（El Cid），西班牙民族英雄，在对抗摩尔人的光复运动中战功卓著，他的故事被写成史诗《熙德之歌》（*Cantar de mio Cid*）。"愿祢的国降临"（Venga a nos el tu reino），基督教《主祷文》中的语句，基督徒祷告以祈求天主不要远离人世，希望祂的旨意可以在这世界实现。巴利亚多利德（Valladolid），西班牙西北部城市。文艺复兴时期，阿隆索·贝鲁格特（Alonso Berruguete）等多位杰出的肖像雕刻家、画家曾在此设立工坊,塞万提斯也曾寓居于此。

厚底鞋(coturno)为古希腊、罗马时期悲剧表演中使用的鞋履,以软木为鞋底,以带子系于脚踝,用于为演员增高,表现高大的贵族身份。阿喀琉斯(Aquiles),古希腊神话中的英雄人物,《伊利亚特》中的主要人物,参与了特洛伊战争。赫库芭(Hécuba),古希腊神话中的女性人物,特洛伊君主普里阿摩斯(Príamo)之妻。六步格(hexámetro)是希腊与拉丁诗歌中的格律,每行有六个音步,常用于写作史诗。

(袁婧 译)

比赛 /莱昂·费利佩

那么，这场比赛，大司铎，
这场白球与黑球的
比赛，
将在何时结束？
这场
闹与静的比赛，
笑与哭的比赛，
光与夜的比赛……
而有人提问：夜是什么？

那么，那滴落的泪，大司铎，
那滴落的泪在风车上
流淌、滑动
起舞、摇晃，
将于何处停歇？
又有人提问：但是，先生们……
这是什么比赛？

（袁婧 译）

陶罐 /莱昂·费利佩

死亡之外别无出路……
毁灭……梦……伟大的梦
再次……土与风
一拍两散。
陶罐,那个陶罐,骄傲的陶罐
制作并不精美。
罐壁上有个堵不住的孔洞
爱与梦中的烟气从中逃脱……
罐身是一个怪异的排泄大肚。
陶罐已碎……
为此,雷的微粒释放闪电的微粒,发射至此。
现在……大司铎,
务必再给陶艺匠一次机会。
务必再次从创世开始,此前全作混沌。
那个骄傲的陶罐被制作了多少次啊!
打碎……重塑……
还将必须
被重新制作多少次……打碎……再次重塑!
耐心与希望,大司铎。咣!……把锣敲响!

再次开场……再次起始……

神在指间

再次揉捏这团温顺的陶土……

再次吹起风……向鼻孔中轻吹……

赋予生机的奇迹呼气：

啊！！……啊！！……啊！！

来瞧瞧，大司铎，经过几个世纪的试验，

陶艺匠现在的运气是否更好一些。

译注：这首诗中出现的诸多意象均为首字母大写的形式，例如 el Gran Sueño（伟大的梦）、la Arcilla（陶土）、el Viento（风）、el Alfarero（陶艺匠）、el Prólogo（开场）、el Comienzo（起始）等词，这些概念与神相关，指向本诗的创世主题。

（袁婧　译）

附 录

《绿色笔记本》中的巴列霍

陈黎、张芬龄

《绿色笔记本》中收录了巴列霍的十八首诗作。

《黑色的使者》《逝去的牧歌》《同志爱》《悲惨的晚餐》《永恒的骰子》《遥远的脚步声》《给我的哥哥米盖》和《判决》等八首诗选自他的第一本诗集《黑色的使者》(*Los heraldos negros*,1918)。巴列霍的这些早期诗作充满宗教氛围,时而哀伤低吟,时而急躁激愤,尝试以多样的语言为内心苦痛找到出口,也为个人在外在世界和亲情关系中寻求定位。《同志爱》(Ágape:爱餐,原始基督教的餐礼)一诗,描述人们走过身旁却无意前来问候或沟通时他所感受到的空虚的苦恼。门的开与关象征给予与弃绝——点出个人与外在世界的关系。这首诗藉两组相对的事物形成一种张力,可说是典型的"辩证法"的诗。巴列霍诗作的魅力往往来自这种矛盾的情境,譬如在这首诗里,我们发现乞求者并不是那些走过门外、被期望来敲门的过路人,反而是房子的主人——他必须把门打开,以乞求之姿将自己给予群众。巴列霍有时在某些诗里以基督教圣餐式(comunión:灵交)的意象隐喻人类的兄弟爱——譬如《悲惨的晚餐》一诗。巴列霍在家与家庭生活里找到了他在成人世界里找不到的完满感。《遥远的脚步声》里的"两条白色、弯曲的老路"即象征带他进入快乐温暖、充满许诺之童年世界的父亲与母亲。然而很遗憾，美好事物无法长存，他的哥哥米盖死了，像玩捉迷藏的孩子躲起来了，永远找不到了。

《我遇到一个女孩》《在我们同睡过许多夜晚的》《哦小囚室的四面墙》《装着我那些饼干的通红的烤箱》《假如今夜下雨》《潮水涌来时，我脱离了大海》《在囚室，在不可破的牢固中》《今夜我从马上下来》《你如何追猎我们，哦海啊》和《太阳蛇行于你清凉的手上》等十首诗选自他1922年出版的第二本诗集 Trilce。1920年，他在家乡被捕，罪名是"纵火、伤害、企图杀人、抢劫以及暴动"。这些罪名虽然未经证实，但巴列霍还是坐了一百一十二天的牢。这次经验是巴列霍生命的转折点，为他的人生观和创作带来重大的影响。诗集 Trilce 里有些最好、最复杂的诗即是在狱中写成的。入狱经历与孤寂疏离感让巴列霍形塑出自己的形而上学，对生之磨难的思辨和真切灼热的情感是他不凡的语汇与技巧的生产源头。他在有着四面墙的小囚室里忆起他与爱人曾经同睡过许多夜晚的那个角落，忆起母亲通红的烤箱里有如圣饼的那些饼干，这些爱（性爱与亲情之爱）的记忆是诗人赖以存活的重要动力。巴列霍在此诗集进行语言实验，创造了许多新词——标题"Trilce"这个词即是一例。这个词究竟由什么字词铸组而成，众说纷纭，但略识巴列霍诗作主题与形式的读者们应该都同意，这个词暗藏了 triste（悲哀）、tres（三）、dulce（甜美）这三个词的身影。在 *Trilce* 这本诗集里，巴列霍打破传统的造句法与排印方式，捣碎西班牙语修辞法的成规，将西班牙语带到全新的传达领域，以新的感性创作新的诗歌。出现在《黑色的使者》一书里的辩证式与戏剧性的表现手法也在这本诗集有了更进一步的发挥，他让诗成为一种演出或一个事件。巴列霍高明之处在于：当其他诗人可能对记忆或时间的消逝发出抽象的喟叹时，他却将之转化为充满戏剧张力的情境。在这样的情境里，诗人是演员，读者是欲助而不能的旁观者。

巴列霍不算多产诗人，但他的诗作记录了受苦的灵魂漂泊、挣扎、挖掘内在自我与探索人性秘密的过程。在二十世纪使用西班牙语写作的诗人当中，他可说是最具独创性的一位，不仅因为他对传统的语言进行革命性的突破，也因为他的诗作富含真挚且炽烈的情感，道出了蕴含血泪、真实而奇异的生命经验。

《绿色笔记本》中的聂鲁达

陈黎、张芬龄

《绿色笔记本》中收录了聂鲁达的十七首诗作。

《告别》选自他的第一本诗集《霞光集》(*Crepusculario*,1923)。《女体,白色小山》《我们甚至失去了》《今夜我可以写出》和《绝望的歌》等四首诗,选自他经典情诗集《二十首情诗和一首绝望的歌》(*Veinte poemas de amor y una canción deseperada*,1924),记录了青年聂鲁达与女人和世界接触的心路历程。为了排遣城市生活的孤寂,聂鲁达只有把自己投注到喜爱的事物和女人身上。在诗中,他把女人融入自然界,变形成为泥土、雾气、露水、海浪,企图藉自然和生命的活力来对抗僵死的城市生活,企图透过爱情来表达对心灵沟通的渴望。然而女人和爱情并非完全可沟通,有时候是相当遥远的。爱的交流、企图沟通以及悲剧性的孤寂在这些情诗里交错、游离。《二十首情诗和一首绝望的歌》突破了拉丁美洲现代主义和浪漫主义的窠臼,可说是拉丁美洲第一批真正的现代情诗,至今已被译成许多国语言;在拉丁美洲,这些诗作像谚语般被传诵着,家喻户晓。

《我俩一起》和《我双腿的仪式》选自《地上的居住·第一部,1925—1931》(*Residencia en la tierra, I, 1925-1931*);《带着悲叹的颂歌》和《无法遗忘(奏鸣曲)》选自《地上的居住·第二部,1931—1935》(*Residencia en la tierra, II, 1931-1935*)。1927年,聂鲁达被任命为驻仰光领事,此后五年都在东方度过。因为语言的隔阂、文化的差距、剥削和贫穷的异国现象所带来的疏离与孤寂,使他写出《地上的居住》第一部、第二部中的诗篇。这些诗作存在某种无法与外界沟通、无法超越现状、无法找到归属的孤绝而虚无的色彩。《我述说一些事情》和《给玻利瓦尔的歌》选自《地上的居住·第三部,1935—1945》(*Tercera residencia, 1935-1945*)。1936年,西班牙内战爆发,任驻马德里的聂鲁达的诗风有了重大的转变:他认为诗歌当为一般民众而作,将诗歌的功用从个人情感的抒发演化为群体的活动,成为一种见证,成为替民众发声的喉舌。《我述说一些事情》一诗可视为他诗风转变的宣告:"你们将会问:你的诗为什么不告诉我们/梦或者树叶,不告诉我们/你家乡伟大的火山?/请来看街上的血吧!/请来看/街上的血,/请来看街上的/血!"1939年,他更明白地写下:"世界变了,我的诗也变了。有一滴血在这些诗篇上,将永远存在,不可磨灭,一如爱。"

《绿色笔记本》中其余七首诗选自1950年出版的

《一般之歌》(*Canto general*)。《一般之歌》是聂鲁达历时十二年完成的伟大史诗,全书共十五章,厚达468页,长约一万五千行,内容涵盖了美洲草木鸟兽志、美洲地理志、古老文化的探索、历史上的征服者和解放者、压迫者和反抗的斗士,隐含对欧洲殖民者的控诉。《马祖匹祖高地》是其第二章,由十二部分组成(《绿色笔记本》原只录其第八、第九两部分,为了让读者窥其全貌,我们译出全诗并附上适当解析);《柯尔特斯》《哀歌》和《艾尔西亚》出自第三章"征服者";《巴托洛梅·德拉斯·卡萨斯神父》和《劳塔罗对抗人头马》出自第四章"解放者"。

聂鲁达于1971年获诺贝尔文学奖,两年后去世。死后四十几年间,讨论他作品的论文和书籍不断问世。毫无疑问,他对二十世纪、二十一世纪世界文学的影响力是历久不衰的。他的诗作所蕴含的活力和深度仍具有强烈的爆发力,将持续成为后世读者取之不尽的智慧和喜悦的泉源。

《绿色笔记本》中的纪廉

袁婧

《绿色笔记本》中收录了纪廉的二十五首诗作。

《黑白混血女郎》选自他的第一本诗集《颂乐的旋律》(*Motivos de son*,1930)。其中包含的八首短诗首先发表于报刊,而后结集成册,一经出版便在古巴乃至拉美文坛引发热议。相隔一年出版的第二本诗集《颂格罗·科颂格》(*Sóngoro Cosongo*,1931)包含了《颂乐的旋律》的全部诗作及风格相近的一系列新作,《绿色笔记本》中的《到达》《黑人之歌》《蒙特罗老爷的葬礼晚会》《甘蔗》和《绑架安东尼奥的女人》等五首诗选自这部诗集。在两部诗集中,纪廉将古巴的民间歌舞"颂乐"(son)融入诗行之中,大量使用无实义的拟声词、重复的叠句、末音节重读词汇等,创造出富有节奏和冲击力的"诗歌·颂乐"(poema-son)风格。《颂乐的旋律》和《颂格罗·科颂格》显示出诗人在古巴黑人题材上的最初尝试,奠定了他的创作主张——古巴的精神是"混血的","颂乐"兼具西班牙谣曲和非洲黑人舞蹈的韵律,因而"诗歌·颂乐"这种"黑白混血的诗句"对应了古巴漫长的殖民历史，能写出古巴深沉的痛苦和欢乐。

《山瑟玛亚》《祖父》和《两个祖父之歌》选自1934年出版的诗集《西印度公司》(*West Indies, Ltd.*)。这一时期，古巴受制于国内的独裁政权和美国的干涉，陷入了政治、经济的多重危机。纪廉对古巴的困境进行反思，诗歌上体现出更为强烈的社会承诺风格，以文字建构古巴的混血身份，抗议帝国主义对古巴黑人和混血种人的压迫。

1936年，西班牙内战爆发，这成为对纪廉影响最大的事件之一，启发他以战争和死亡为题创作了多部诗集。在本选集中，《哀歌第四》选自《西班牙》(*España*, 1937)，《我不知道为什么你认为》选自《给士兵的歌和给游客的颂乐》(*Cantos para soldados y los sones para turistas*, 1937)。这两部诗集同年出版于墨西哥，为纪廉赢得了国际上的声誉，让来自新大陆的声音为更多人听到。

出版于1947年的诗集《完整的颂乐》(*El son entero*) 是一部合集，收录了纪廉发表于1929至1946年的全部诗作及部分未曾面世的诗篇，《吉他》《汗和鞭子》《颂乐六》《哀歌》《记忆之水》和《人心果树》选自这部诗集，呈现出他创作中一贯的风格和主张。在形式上，这六首诗作延续了"诗歌·颂乐"的节奏，在声音上极富感染力。在内容上，六首诗歌均以生动的形象讲述了古巴及其人民的苦难与斗争，其中《吉他》以这种乐器写古巴人民坚韧、乐观的精神，《汗和鞭子》以这两个形象写甘蔗园中黑人奴隶的反抗，《记忆之水》在混血女人和甘蔗之间建立隐喻，《人心果树》则以黑棕色外皮的人心果比喻黑白混血种人。

《一只长长的绿蜥蜴》《里约之歌》和《小石城》选自《鸽子在人民中飞行》（*La paloma de vuelo popular*，1958）。诗集收录了纪廉创作于1953至1958年间的四十三首诗作。这一时期纪廉正流亡在外，他将游历不同国家的经验记载在诗行中，例如他对里约热内卢不同阶级间贫富差距的观察（《里约之歌》）以及他对美国小石城爆发的种族骚乱的反思（《小石城》），并以热忱和期待注视自己的祖国——那只伏于安的列斯群岛海域之中的"长长的绿蜥蜴"。《姓氏》和《悼埃米特·提尔》选自《哀歌集》（*Elegías*，1958），这部诗集附于《鸽子在人民中飞行》之后。诗集包含六首长诗，多采用七音节与十一音节自由交替的席尔瓦格律（silva），滔滔不绝地抒发他对古巴黑人和混血种人深沉的情感。

古巴革命成功后，纪廉终于结束流亡，回到日思夜想的祖国，在那里继续为他的人民发声。《谣曲：杂色的玉米棒上》《炉中石》和《阿空加瓜山》分别来自他的诗集《我有》（*Tengo*，1964）、《爱之诗》（*Poemas de amor*，1964）和《伟大的动物园》（*El gran zoo*，

1967）。其中，《谣曲：杂色的玉米棒上》以古巴革命为题材，纸面上流露出纪廉对卡斯特罗等先锋的敬佩以及他为革命胜利感到的骄傲与喜悦。

值得一提的是，纪廉曾为切写过四首诗作，其中最为人所知的是《切司令官》（Che comandante）。在切被杀害后的第十天，人们在哈瓦那的何塞·马蒂革命广场集会，纪念这位英雄。纪廉在主席台上激动地朗读了这首他写给切的诗："你的声音不会／因你的倒下而低微。／……／请你稍等。我们会和你一同出发。我们愿／随你一同死去，而后重生，／重生，如同你的永生，／切司令官，朋友。"

《绿色笔记本》中的莱昂·费利佩

袁婧

《绿色笔记本》中收录了莱昂·费利佩的九首诗作,均为其晚期作品。

《给我你的黑圣饼》《比赛》和《陶罐》等三首诗选自他的诗集《鹿》(*El ciervo*)。这些作品在1956年的诵读会上首次公布,而后于1958年出版成册。在这部诗集中,莱昂·费利佩拟出大司铎(Señor Arcipreste)、庄园主(Señor de la Heredad)、庄园守卫(Guardián de la Heredad)等人物,模仿中世纪宗教寓言短剧(auto sacramental)的形式,以人类(Hombre)的身份进行独白或与诸角色展开对话,富有戏剧性。从选篇中可以窥见莱昂·费利佩中后期创作中突显的神秘主义风格,例如在《陶罐》一诗中,首字母大写的"陶土""陶罐""陶艺匠""风"和"梦"等形象均包含丰富的宗教隐喻,指向《圣经》的创世主题。正如莱昂·费利佩在《鹿》的第一首诗《窗》(La ventana)中讲述的,诗人通过"梦的瞭望台"向外观看,尘世的事物都超越了本身的意味。他在诗中流露出内心的不安,同时也通过诗歌寻找隐秘的出路。

《夜之笼》《基督》《这位统率历史的骄傲船长》《空十字架空长袍》《切线》和《大冒险》等六首诗选自他的诗集《啊，这把破旧小提琴！》(¡Oh, este viejo y roto violín!，1965）。莱昂·费利佩将这部作品献给发现他诗才的伯乐、批评家恩里克·迭斯-卡内多（Enrique Díez-Canedo）。这些诗作延续了他的神秘主义风格，以丰富的隐喻描写诗人对人类困境的焦虑追问，以及他作为个体的挣扎，表现力十足。在八十岁高龄时，诗人从第一部诗集《行者的诗句与祈祷》（*Versos y oraciones de caminante*，1920）开始念诵的祈祷终于转变为刺耳的惊叫与咒骂，他在《夜之笼》中请求天使不要将迷路的他抛弃，在《这位统率历史的骄傲船长》中呐喊"我们是神的粪便"，在《切线》中哀怨他对尘世宿命的厌倦，在反史诗的《大冒险》中把疲惫、挫败的堂吉诃德带到了四百年后的现代舞台，并将其塑造为又老又丑的、哭泣的西班牙基督形象，在赋予他奇迹的光环王冠后又将幻想碾碎……如诗集题目所示，莱昂·费利佩用一把破旧的小提琴弹奏痛苦与绝望的音乐。

莱昂·费利佩在流亡墨西哥期间与切相识，两人一见如故。莱昂·费利佩在古巴革命胜利后将诗集《鹿》寄送给切，而切在1964年致诗人的信件中写道："我在床头放有两三本书，其中一本是《鹿》；我还很少有机会阅读这本诗集,因为我还在古巴,睡觉、空闲时间,哪怕稍做休息,都是一种渎职的罪过。"诗集《啊,这把破旧小提琴!》出版之际正值切参加玻利维亚游击战的前夕,时间较为晚近,或许是出于这个原因,笔记本上其他几位诗人的作品掺杂在一起,而莱昂·费利佩的几首诗被连续地抄写在本子的最后。

在写作、阅读与抄写中,耄耋之年、流亡他乡的莱昂·费利佩与革命事业遭受争议的切于诗歌中相遇。在凶险的战场上,切仍坚持抄下《大冒险》,并唯独在这首长诗的末尾标出作者"L. Felipe",可见他与莱昂·费利佩在堂吉诃德的身上找到了共同的自我认同。切曾在写给父母的告别信中写道:"我的脚下再次感受到洛西南特的肋骨,手臂下夹着圆盾重新上路",而莱昂·费利佩在献给切的《又一声嘶鸣》(Otro relincho)——收录于死后出版的诗集《洛西南特》(*Rocinante*,1969)——中表达了他对这位革命领袖的景仰:

> 美国人常说:
> 莱昂·费利佩是个"堂吉诃德"。
> 不,先生们,不至于。
> 我不过是驮着英雄。
> 是的,可以这么说
> 我想说的是:

我是洛西南特。

我不是英雄

但我用一身嶙峋瘦骨驮着他……

我听见他的喘息……

并学会像他那样喘息……

值得一提的是,切并没有完整地将《大冒险》一诗抄写在笔记本上。在"停!"字之后,诗人在结尾大喊"没有光环/不过是一顶小丑帽",消解了"铜盆,头盔,光环"的排列,落入消极无望的情绪之中。在绿色笔记本上,切或许是有意选择省略掉这首诗的结尾,让王冠似的光环停在堂吉诃德的头顶,也让不灭的理想主义在他的前额继续燃烧。

四诗人选入诗索引

巴列霍(18首)

黑色的使者(1918)
黑色的使者(Los heraldos negros)39
逝去的牧歌(Idilio muerto)47
同志爱(Ágape)51
悲惨的晚餐(La cena miserable)57
永恒的骰子(Los dados eternos)65
遥远的脚步声(Los pasos lejanos)72
给我的哥哥米盖(A mi hermano Miguel)80
判决(Espergesia)89

Trilce(1922)
11 我遇到一个女孩(He encontrado a una niña)102
15 在我们同睡过许多夜晚的(En el rincón aquel, donde dormimos juntos)113
18 哦小囚室的四面墙(Oh las cuatro paredes de la celda)121
23 装着我那些饼干的通红的烤箱(Tahona estuosa de aquellos mis bizcochos)153
33 假如今夜下雨(Si lloviera esta noche, retiraríame)173
45 潮水涌来时,我脱离了大海(Me desvinculo del mar)198
58 在囚室,在不可破的牢固中(En la celda, en lo sólido, también)200
61 今夜我从马上下来(Esta noche desciendo del caballo)203
69 你如何追猎我们,哦海啊(Qué nos buscas, oh mar, con tus volúmenes)207
71 太阳蛇行于你清凉的手上(Serpea el sol en tu mano fresca)214

聂鲁达（17首）

霞光集（1923）
告别（Farewell）41

二十首情诗和一首绝望的歌（1924）
1 女体，白色小山（Cuerpo de mujer, blancas colinas...）48
10 我们甚至失去了（Hemos perdido aun...）53
20 今夜我可以写出（Puedo escribir los versos más tristes...）59
绝望的歌（La canción desesperada）67

地上的居住（1925—1945）
我俩一起（Juntos nosotros）74
我双腿的仪式（Ritual de mis piernas）82
带着悲叹的颂歌（Oda con un lamento）92
无法遗忘（奏鸣曲）（No hay olvido (sonata)）96
我述说一些事情（Explico algunas cosas）104
给玻利瓦尔的歌（Un canto para Bolívar）115

一般之歌（1950）
马祖匹祖高地（Alturas de Macchu Picchu）123
柯尔特斯（Cortés）155
哀歌（Elegía）162
艾尔西亚（Ercilla）205
巴托洛梅·德拉斯·卡萨斯神父（Fray Bartolomé de las Casas）208
劳塔罗对抗人头马（1554）（Lautaro contra el centauro (1554)）216

纪廉（25首）

颂乐的旋律（1930）
黑白混血女郎（Mulata）45

颂格罗·科颂格（1931）
到达（Llegada）49
黑人之歌（Canto negro）55
蒙特罗老爹的葬礼晚会（Velorio de Papá Montero）62
甘蔗（Caña）71
绑架安东尼奥的女人（Secuestro de la mujer de Antonio）77

西印度公司（1934）
山瑟玛亚（Sensemayá）86
祖父（El abuelo）95
两个祖父之歌（Balada de los dos abuelos）98

西班牙（1937）
哀歌第四（Angustia cuarta）109

给士兵的歌和给游客的颂乐（1937）
我不知道为什么你认为（No sé por qué piensas tú）119

完整的颂乐（1947）
吉他（Guitarra）148
汗和鞭子（Sudor y látigo）151

颂乐六（Son número 6）158
哀歌（Elegía）162
记忆之水（Agua del recuerdo）164
人心果树（Ácaña）166

　鸽子在人民中飞行（1958）
一只长长的绿蜥蜴（Un largo lagarto verde）168
里约之歌（Canción carioca）170
小石城（Little Rock）178

　哀歌集（1958）
姓氏（El apellido）181
悼埃米特·提尔（Elegía a Emmett Till）188

　我有（1964）
谣曲：杂色的玉米棒上（Romancero. Son más en una mazorca）193

　爱之诗（1964）
炉中石（Piedra de horno）195

　伟大的动物园（1967）
阿空加瓜山（El Aconcagua）197

莱昂·费利佩（9首）

鹿（1958）
给我你的黑圣饼（Dame tu oscura hostia）232
比赛（Juego）267
陶罐（El cántaro）268

啊，这把破旧小提琴！（1965）
夜之笼（Noche cerrada）219
基督（Cristo）221
这位统率历史的骄傲船长（Este orgulloso capitán de la historia）223
空十字架空长袍（La cruz y la túnica vacías）226
切线（La tangente）229
大冒险（La Gran Aventura）233

图书在版编目（CIP）数据

绿色笔记本：拉美四诗人诗抄 /（智）聂鲁达，（秘）巴列霍著；（西）帕科·伊·泰沃二世编；陈黎，张芬龄，袁婧译 . — 北京：北京联合出版公司，2021.5
 ISBN 978-7-5596-5172-3

Ⅰ . ①绿… Ⅱ . ①聂… ②巴… ③帕… ④陈… ⑤张… ⑥袁… Ⅲ . ①诗歌—作品集—拉丁美洲 Ⅳ . ① I772.5

中国版本图书馆 CIP 数据核字（2021）第 057705 号

绿色笔记本：拉美四诗人诗抄

作　　者：［智利］聂鲁达　［秘鲁］巴列霍 等
编　　者：［西］帕科·伊·泰沃二世
译　　者：陈　黎　张芬龄　袁　婧
出 品 人：赵红仕
责任编辑：管　文
特约编辑：王文洁
装帧设计：M°° Design

北京联合出版公司出版
（北京市西城区德外大街 83 号楼 9 层　　100088）
北京联合天畅文化传播公司发行
山东临沂新华印刷物流集团有限责任公司印刷　新华书店经销
字数 151 千字　860 毫米 ×1092 毫米　1/32　9.5 印张
2021 年 5 月第 1 版　2021 年 5 月第 1 次印刷
ISBN 978-7-5596-5172-3
定价：68.00 元

版权所有，侵权必究
未经许可，不得以任何方式复制或抄袭本书部分或全部内容
本书若有质量问题，请与本公司图书销售中心联系调换。
电话：64258472-800

EL CUADERNO VERDE DEL CHE
by Paco Ignacio Taibo II

©2007, 2014 Paco Ignacio Taibo II
©2014, Editorial Planeta Mexicana S.A de C.V
Latin American Rights Agency − Grupo Planeta

Simplified Chinese edition copyright
©2021 Shanghai EP Books Co., Ltd.
All rights reserved.

译者简介

陈黎，1954年生，台湾师大英语系毕业。著有《蓝色一百击》《岛屿边缘》《小宇宙》《想像花莲》《世界的声音》等诗集、散文集、音乐评介集逾二十种。曾获台湾文学奖新诗金典奖，时报文学奖叙事诗首奖、新诗首奖，联合报文学奖新诗首奖，梁实秋文学奖翻译奖等。2005年获选"台湾当代十大诗人"。2012年获邀代表台湾参加伦敦奥林匹克诗歌节。2014年受邀参加美国爱荷华大学"国际写作计划"。

张芬龄，台湾师大英语系毕业。著有《现代诗启示录》，与陈黎合译有《万物静默如谜：辛波斯卡诗选》《聂鲁达：二十首情诗和一首绝望的歌》《白石上的黑石：巴列霍诗选》《野兽派太太：达菲诗集》《夕颜：日本短歌400》等三十余种。曾多次获梁实秋文学奖翻译奖。2017年与陈黎同获"胡适翻译奖"。

袁婧，北京大学西班牙语语言文学博士在读。译有古巴诗人努涅斯诗选《无限灰》、墨西哥小说家富恩特斯短篇集《盲人之歌》、绘本《我很小》，以及合译之作智利诗人贝略诗选《我已决定溶解自己》、《尼卡诺尔·帕拉诗选》等。曾获"求是杯"国际诗歌创作与翻译大赛翻译奖。